KB185038

이상한 헌혈

이상한 헌혈

정광민 글 도휘경 그림

북극곰

차례

1. 두 번째 피

나는 자꾸만 복도를 뒤돌아보았다. 금방이라도 무언가 튀어나올 것만 같았다. 아무나 따라가지 말라던 엄마의 말이 떠올랐지만 이미 늦었다.

"진짜 할 수 있겠어요? 시작하면 되돌릴 수 없어요."

아저씨의 말에 심장이 쿵쾅거렸다. 하지만 할까 말까 할 때는 일단 해 보는 거다. 엄마는 이런 내가 신중하지 않다지만, 외할머니는 이름대로 용기 있게 큰일을 할 거라고 했다. 그러게, 누가 이름을 신중이 아니라 용기라고 지으랬나.

"네, 하고 싶어요."

"원하는 걸 얻으려면 그 정도 각오는 있어야죠. 마음에 드는 친구네요."

그때만 해도 나는 어떤 일이 펼쳐질지 전혀 몰랐다. 아저씨는 가장 멀리 있는 병실로 나를 데려갔다. 내가 잔뜩 긴장하자 숨을 크게 쉬라고 했다. 따끔하더니 팔에 매달린 줄이 빨갛게 물들어 갔다.

"역시 아주 맑아요."

아저씨가 흐뭇한 표정으로 말했다. 피를 보고 이렇게 좋아하다니……. 아침과는 사뭇 다른 분위기다. 그러고 보니 피를 보는 게 오늘만 벌써 두 번째다.

첫 번째로 피를 본 건 오늘 아침이었다. 교실에서는 내가 오기 전부터 '시케이다 맨*' 게임 이야기가 한창이었다. 시케이다 맨 게임은 숨어 있는 빌런을 찾아 빌런의 기지를 시케이다 밤**으로 폭파하는 게임이다. 게임 천재인 나는 모두가 헤매던 기지를 드디어 발견했다. 아이들이 몰려와 알려 달라고 난리였다.

"빌런은 박물관에 숨어 있었어."

나는 박물관 기둥에 붙어 조심스레 살펴보았다. 중앙에는 스테고사우루스 화석이 놓여 있었다. 바이러스를 막지 못하면 인류도 뼈만 남은 존재로 기억되겠지. 반드시 바이

* 매미 인간이라는 뜻의 영어 단어이다.

** 매미 폭탄이라는 뜻으로 건물 전체를 폭파하는 위력을 지녔다.

A

러스를 퍼뜨린 그 자식을 없애 버려야 한다.

"용케도 여기까지 왔군."

빌런이 나를 보고 기다렸다는 듯이 말했다.

나는 곧바로 폭탄의 타이머를 누르며 주먹을 휘둘렀다. 빌런이 여유롭게 피하며 다리를 걸었다. 윽! 내가 중심을 잃고 휘청거리자 빌런이 달려들었다. 퍽! 탁! 퍽! 연속 공격에 에너지가 줄어들었다. 빌런의 팔을 틀어쥐고 남은 힘을 모아 머리를 내려쳤다. 쓰러진 빌런의 배를 걷어찬 뒤 몸을 밟고 올라서려던 그때, 어디선가 여자의 비명이 들려왔다.

"가소로운 것! 날 없애려고 죄 없는 사람까지 죽이지는 않겠지."

야비한 웃음소리에 소름이 끼쳤다. 빌런과 타이머를 번갈아 보며 망설이는데 그 사이에도 시간은 계속 흘렀다. 15, 14, 13, 12……. 할 수 없이 타이머를 멈추고 소리가 나는 곳으로 뛰어갔다. 인질은 지하 창고에 팔다리가 묶여 있었다. 발에 감긴 밧줄부터 풀어 주던 찰나였다.

"뒤, 뒤에……!"

인질의 다급한 목소리와 함께 머리에 무언가 날아왔다. 눈을 떠 보니 빌런이 나를 내려다보고 있었다.

"여긴 네 무덤이 될 거야."

빌런이 내 목을 졸랐다.

"내가 한 방을 준비하고 있었는데……."

자홍이가 내 말을 잘랐다.

"설마 거기서 졌어?"

하여간 자홍이는 김새게 하는 데 선수다. 한창 이야기에 빠져든 아이들이 허무한 표정으로 나를 바라보았다.

"치사하게 뒤에서 필살기를 쓰잖아."

그 순간 갑자기 짜증 섞인 목소리가 내 귀에 꽂혔다.

"게임 이야기 좀 그만할 수 없어? 한 번만 더 떠들면 선생님께 이를 거야!"

기준이가 귀를 막으며 나를 쏘아봤다. 순식간에 교실이 조용해졌다.

"교실에서 말도 못 해? 너 혼자 쓰는 교실도 아니잖아."

나는 기준이에게 지지 않고 말했다.

"같이 쓰니까 더 조용히 해야지. 반장이 얼마나 시끄러우면 그러겠어?"

수아가 기준이 편을 들었다. 나는 기준이보다 수아가 더 야속했다. 나랑 알고 지낸 지가 얼만데. 우리 엄마랑 수아 엄마는 고등학교 때부터 친구다. 덕분에 누군가 내게 태어나 제일 먼저 사귄 친구가 누구냐고 묻는다면 우수아, 가장 오래된 앙숙이 누구냐고 물어도 우수아라고 대답할 거다. 수아 말이라면 껌뻑 죽는 자홍이가 넉살을 부리며 실실거렸다.

"에이, 우리가 게임 이야기하는 게 하루 이틀이야?"

기준이가 인상을 썼다.

"다들 게임에 미쳤어."

"미쳤다니, 말이 너무 심한 거 아냐?"

자홍이 말대로 이건 너무하다 싶었다. 하지만 기준이는 거기서 멈추지 않았다.

"학교에 게임하러 왔어? 너희들 게임 중독이야?"

나는 더 이상 기준이 마음대로 떠들게 둘 수 없었다.

"말 다 했어? 너야말로 쓸데없는 말 하려면 저리 비켜."

나는 앞을 막아선 기준이의 어깨를 살짝 밀었다. 그러자 어찌 된 일인지 기준이가 힘없이 밀리면서 엉덩방아를 찧었다. 그 바람에 책상에 있던 핸드폰이 쿵 하고 떨어졌다. 자홍이가 놀라 소리쳤다.

"어? 내 핸드폰!"

나는 자홍이가 얼마나 힘들게 핸드폰을 샀는지 안다.

게임 시간을 줄여가며 동생을 돌보고 두 달 넘게 엄마를 졸랐다. 그런데 새 핸드폰을 산 지 겨우 이틀 만에 액정이 와장창 깨진 거다.

"어쩔 거야! 이게 다 너 때문이야!"

자홍이는 부서진 핸드폰을 기준이 얼굴에 들이밀었다. 기준이의 얼굴이 새파랗게 질리더니 갑자기 쌍코피가 터졌다. 아이들이 기준이를 둘러싸고 웅성거리자 선생님이 교실로 들어오셨다.

"무슨 일이야? 누가 기준이랑 싸웠어?"

"강용기요."

기준이를 부축하던 수아가 냉큼 대답했다. 가만히 있다간 나만 덤터기를 쓰게 생겼다.

"기준이가 먼저 시비 걸었어요."

살짝 밀었을 뿐인데 혼자 책상에 부딪혀 넘어지더니 자홍이 핸드폰까지 망가뜨렸다. 이 모든 게 기준이 혼자 열내다 벌어진 일인데 억울하다, 억울해.

2. 꾀병이야

"저는 비키라고 살짝 민 것뿐이에요."

"크게 다쳤으면 어쩔 뻔했어? 안 그래도 기준이가 지금……."

선생님은 무슨 말을 하려다가 말았다. 그 와중에 기준이가 확실한 마무리 펀치를 날렸다.

"선생님, 저 반장 안 할래요."

기준이는 우리 반 반장이다. 5학년쯤 되면 단순히 재미있는 아이보다는 모범이 되는 아이에게 믿음이 가기 마련이다. 그래서 모범생인 기준이가 압도적인 지지로 반장이 되었다.

"반장이 뭐 힘들다고. 자홍이가 지난주도 대신 했잖아요."

기준이는 지난주에 가족 여행을 다녀왔다. 3일 동안 여행 간다더니 5일 만에 학교에 와서는 첫날부터 나를 핑계로 반장을 그만두겠다고 이 난리다.

"기준이가 여행 다녀와서 힘든가 보네. 이번엔 용기가 좀 도와줄래?"

또다시 선생님이 나서서 기준이를 감쌌다.

"여행 가서 놀기만 했을 텐데, 힘들긴 무슨."

내 말에 기준이가 나를 째려보았다. 자기도 찔리는 거다. 놀다 와서 피곤하다는 핑계는 아무래도 너무 성의가 없다. 선생님이 서로 쏘아보는 우리를 말렸다.

"여기서도 싸울래? 안 되겠다. 벌 청소를 해야 반성이 되겠구나."

아오, 아침부터 기준이 때문에 정말 재수가 없다.

수업이 끝나고 소란을 피웠다는 이유로 자홍이도 같이 벌 청소를 하게 되었다. 빈 교실에 덩그러니 남겨지니 한숨이 절로 났다. 걸레를 빨아 온다던 자홍이와 교무실에 불려 간 기준이, 둘 다 감감무소식이었다. 불현듯 머릿속에 기분 나쁜 장면이 스쳐 지나갔다. 청소하는 나를 보고 비웃는 기준이를 상상하자 화가 부글부글 끓어올랐다. 고개를 홱 돌려 창문을 봤지만 아무도 없었다. 그때 자홍이가 헐레벌떡 교실로 들어왔다.

“반장 아프다고 청소 안 하고 갔어.”

“아까도 반장 하기 싫다고 꾀병 부리더니 또 거짓말이네.”

“진짜 어디 아픈가 봐.”

평소 온갖 소문을 퍼뜨리는 자홍이지만 터무니없는 말은 안 한다. 자홍이 말로는 감이 좋아서라는데 어디서 잘 주워듣는 게 비결인 듯싶다. 이번에도 자홍이는 걸레 빨러 가다가 교무실에서 기준이와 선생님이 하는 대화를 엿들었다.

“선생님은 이미 기준이가 병원 다니는 걸 알고 계셨어. 힘들면 언제든 말하라고 하셨는데 기준이가 비밀로 해달라더라? 뭔가 수상해. 기준이 여행 다녀온 뒤로 이상했잖아. 혹시 말 못 할 병이 아닐까?”

또 시작이다. 드라마에서 보면 주인공이 수술하러 갈 때 둘러댄다나 뭐라나. 자홍이는 꼭 잘 나가다가 옆길로 샌다.

“이상하긴 뭐가 이상해. 말하기 부끄러운 치질 같은 거 아니야?”

엉덩방아를 찧고 불같이 화를 내던 기준이 모습에서 얼

마 전 치질 수술한 이모가 떠올랐다. 엉덩이를 두 손으로 움켜쥔 기준이라니 웃음이 났다. 자홍이가 그 사실을 전교생에게 퍼뜨리면 어떻게 될까?

"아니다, 씩씩거리면서 핸드폰 부술 때 보니까 분노조절장애가 더 맞으려나."

자홍이는 부서진 핸드폰을 떠올리며 다시 시무룩해졌다.

"바이러스 맵 깨야 하는데 왜 핸드폰이 깨지냐고."

"천재 강용기 님이 대신 깨 줄게. 어제 아깝게 져서 이번엔 이길 수 있어."

"솔직히 아까운 건 아니지. 자존심 상할까 봐 말 안 했는데 옆 반 성진이는 아이템 써서 다음 맵 갔대."

자홍이가 나의 승부욕에 불을 붙였다.

"나도 딱 한 방이면 되는데. 어디 용돈 받을 데 없나."

"할머니한테 부탁하면 어때?"

아, 맞다! 완벽한 내 편을 잊고 있었다. 엄마한테 혼날 때면 할머니는 늘 내 편을 들며 달래 준다. 그중 제일은 엄마 몰래 가끔 용돈을 주시는 거다.

"아직도 게임 이야기니?"

인기척도 없이 교실에 나타난 수아 때문에 나와 자홍이

는 동시에 소리를 질렀다.

"너 엿듣는 취미 있었냐?"

"엿들을 만큼 궁금하지도 않거든."

수아는 우리를 쳐다보지도 않고 올림피아드 책을 가방에 넣었다. 아오, 얄미워.

"어차피 알려 줘도 못 해. 지성과 순발력 그리고 악당에게 물러서지 않는 대담함을 갖춘 천재 강용기 님이니까 가능한 거지."

"누가 천재라고? 악당이 있대도 너희처럼 멍청한 애들한테는 안 잡힐걸?"

수아는 코웃음을 치며 교실을 나가 버렸다.

3. 절대 따라가면 안 돼

집에 가서 게임할 생각에 콧노래가 절로 나왔다. 강용기 최고 신기록 달성이 머지않았다. 날아갈 듯한 기분으로 엄마 가게로 달려갔다.

"학교 다녀왔습니다. 할머니는?"

"모임 가셨어."

할머니는 보통 이 시간이면 가게에 계시는데 하필이면 오늘 모임이람.

"너 몰래 게임 하려고 그러지?"

엄마의 잔소리가 또 시작되었다. 잔소리냐, 용돈이냐, 고민에 빠진 사이 파란색 양산을 든 할머니가 문을 열고 들어왔다.

"세상이 이렇게 흉흉해서야 원……. 우리 골목에 대찬이가 글쎄, 죽을 뻔했대."

대찬이 형이라면 나도 잘 안다. 예전엔 대찬이 형을 따라 PC방에 자주 갔었다. 하지만 형은 고등학생이 되더니 완전히 다른 사람이 되어 버렸다.

"오토바이 사겠다고 몰래 알바를 갔나 봐. 근데 그 뒤로 연락이 끊어진 거야."

엄마의 눈이 두 배로 커졌다.

"무슨 알바를 했길래?"

"그게 귀신 알바라나 뭐라나."

"놀이공원 알바요? 핼러윈 때 봤잖아요."

작년 핼러윈에 우리는 수아네 가족이랑 놀이공원에 갔다. 입구에서부터 드라큘라, 좀비, 온갖 귀신 분장을 한 알바생들이 곳곳에 나타났다. 요즘은 남을 놀라게 하면서 돈을 버는 신기한 세상이다.

"그런 줄 알았는데 알고 보니 장기 밀매였어. 귀신이 귀하*의 신장이라는 뜻이었대."

"신장이라면 콩, 콩팥 말이야? 그걸 팔고 돈을 받는다고?"

엄마가 손으로 배를 더듬었다. 장기를 떼서 판다니 나로서는 상상도 못 한, 아니 하고 싶지 않은 일이다. 할

* 듣는 이를 높여 부르는 말.

머니는 순진한 아이들한테 못 하는 게 없다며 고개를 저었다.

"대찬이 엄마가 실종 신고해서 겨우 찾았대. 조금이라도 늦었으면 큰일 날 뻔했어."

"용기도 아이템이나 돈 준다고 절대 아무나 따라가면 안 돼."

엄마는 무슨 일이 생기면 꼭 나랑 연결한다.

"우리 강아지가 그럴 애냐. 잔소리 좀 그만해."

나는 속으로 할머니를 응원했다.

"내가 언제 공부 잘하라고 잔소리한 적 있어? 할 일만 하라는 거잖아. 승기는 알아서 척척 얼마나 잘해. 공부면 공부, 운동이면 운동, 요즘에는 봉사도 하더라."

승기 형이 또 집에 왔었나 보다. 사촌인 승기 형은 뭐든 잘한다. 게다가 성격까지 좋아 나에게도 잘해 준다. 그래도 우리 집에 아주 가끔만 왔으면 좋겠다.

"아, 맞다. 승기가 이거 헌혈해서 받은 건데 책 사라고 주고 갔어."

엄마가 건넨 봉투에는 문화 상품권이 들어 있었다. 역시 승기 형은 세계 최고로 좋은 형이다. 아까 했던 말은 취소. 형이 내일도 모레도 매일 놀러 왔으면 좋겠다. 나는 얼른 문화 상품권을 챙겨 집으로 왔다. 게임 속 아이템 상점에 들어가 행복한 고민에 빠졌다. 일단은 문화 상품권이 한 장뿐이라 위기 상황에서 탈출하기로 했다. 나는 시케이다 센서를 결제하고 게임에 접속했다.

다급한 인질의 목소리가 들려왔다. 지하 창고로 달려가며 시케이다 센서를 눌렀다.

"삐삐삐삐삐. 십 미터 내 접근."

인질의 밧줄을 푸는 와중에도 경고음이 계속 울렸다.

"삐삐삐삐삐. 오 미터 내 접근."

가까스로 인질을 풀어 주고 벽을 타고 올라가 천장에 매달렸다. 나를 쫓아온 빌런이 주위를 두리번거렸다. 여기서 끝내지 못하면 아이템은 무용지물이 될 거다. 나는 빌런을 향해 몸을 던졌다. 빌런이 발버둥 치며 나를 떨어뜨리려고 했지만 아랑곳하지 않고 녀석의 눈을 찔렀다. 나는 눈을 감싸며 괴성을 지르는 빌런의 명치를 때렸다. 쿵! 빌런이 내 앞에 무릎을 꿇고 쓰러졌다.

KO! 미션 클리어!

곧바로 다음 맵으로 넘어갔다. 옆 반 성진이가 갔다던 맵이었다. 저 멀리서 빌런이 지하철역으로 들어가고 있었다. 곧바로 뒤따르자 흰색 두건을 쓴 녀석들이 앞을 막아섰다.

"시케이다 맨이다. 잡아!"

헉! 퍽! 후! 으악! 내 주먹에 녀석들이 쓰러졌다. 하지만 녀석들을 상대하느라 에너지가 많이 줄었다. 에너지 회복 아이템을 누르자 빨간색 바가 빠르게 차올랐다. 지하철역 계단을 내려가니 노랑머리의 또 다른 무리가 몰려왔다. 쉴 새 없이 날아든 공격에 반격도 못 하고 나가떨어졌다. 빌런과 붙어 보지도 못한 채 허무하게 끝나 버렸다.

괜히 형이 준 봉투를 다시 뒤적였다. 한 장만 더 있었어도 해 볼 만한데. 아쉬운 마음을 가라앉히기도 전에 엄마 목소리가 들렸다. 나는 핸드폰을 얼른 문제집 밑으로 집어넣었다.

"강용기, 슈퍼 가서 두부 좀 사 와."

나, 강용기는 이 집의 하나뿐인 아들이다. 사람들은 외동이 사랑과 관심을 독차지한다고 생각하는데 그건 뭘 모르는 소리다. 오히려 잔소리를 잔뜩 듣고 심부름을 도맡는 아주 가여운 처지니까. 슈퍼는 걸어서 5분 거리지만 골목 앞 사거리를 건너야 한다. 사거리 횡단보도에 서자 바람에 머리칼이 흩날렸다. 신호등 사이로 길쭉한 무언가가 바람

에 펄럭였다. 마치 '여기야, 여길 좀 봐.' 하는 것 같았다.

사랑 나눔 헌혈로 실천하세요. – 대한적십자사 혈액원

건물 5층에 '헌혈의 집'이 있었다. 승기 형이 헌혈하고 문화 상품권을 받은 곳이다. 가만, 이건 문화 상품권을 얻을 기회가 아닌가. 역시 내 운명은 게임 천재가 되는 거다. 나는 얼른 엘리베이터에 올라 5층을 눌렀다.

"헌혈하러 왔는데요."

"아직 나이가 어려서 안 돼요. 더 크면 다시 와요."

서류를 정리하던 간호사 선생님이 나를 흘끔 보며 딱 잘라 말했다. 아니 대체, 피랑 나이가 무슨 상관인지 모르겠다. 술 마시는 어른보다 어린이 피가 더 깨끗할 텐데.

"저 진짜 건강한데도 안 돼요?"

간호사 선생님은 성가셔하며 손을 내저었다. 그런데 흰색 가운을 입은 아저씨가 뒤에서 실랑이를 지켜보더니 나를 구석으로 데려갔다.

"어린 학생도 가능한 헌혈이 있는데 해 볼래요?"

"그 헌혈도 하고 나면 문화 상품권 주는 거예요?"

"물론이죠. 헌혈하면 바로 줄 수 있어요."

A+ 영·수 학원
반짝 반짝 안과 의원
맑은 마음 병원
독서·논술
약손 한의
헌혈의 집
사랑 나눔 헌혈로 실천하세요

"좋아요, 할게요!"

아저씨는 주변을 살피고는 몰래 나에게 손짓했다. 나는 아저씨를 따라 헌혈의 집을 나와 옆 건물로 갔다. 맑은 마음 병원이라고 적힌 오래된 간판 밑에는 안내문 하나가 붙어 있었다.

예약 시간 외 출입 금지
허락된 보호자 외 외부인 출입 금지

누가 봐도 함부로 들어오지 말라는 말이다. 어린이 헌혈은 여기서 하는 건가. 병원이라는 말에 괜히 겁이 났다. 문화 상품권만 받으면 되는데 왠지 일이 점점 커지는 것 같았다.

4. 이상한 헌혈

"조금 특별한 헌혈을 할 거예요. 우리가 필요한 건 피가 아니거든요. 어릴수록 더 좋지요."

그 순간 머릿속이 번쩍했다. 할머니는 어린이 장기가 싱싱하다고 아이들만 잡아가는 사람도 있다고 했다. 나는 본능적으로 두 팔로 몸을 감쌌다.

"설마 장기를 떼 가는 건 아니죠?"

"장기는 필요 없고, 감정이면 충분해요. 흔히들 감정을 머리로 느끼는 줄 알지만, 감정은 온몸을 돌며 피를 물들여요. 우리는 그 피가 필요해요. 예를 들면 슬픔의 피, 기쁨의 피를 채취하는 거죠."

나는 팔에 돋은 파르스름한 핏줄을 내려다봤다. 아저씨 말대로면 지금 내 핏줄을 타고 오싹한 기운이 손가락 끝까지 전해진다는 거다.

"단, 감정 헌혈을 하면 얼마 동안은 그 감정을 느낄 수 없어요. 그것 말고는 아무 문제 없어요. 괜찮죠?"

다리를 얻는 대가로 마녀에게 목소리를 빼앗긴 인어 공주가 떠올랐다. 내가 가만히 있자 아저씨는 잽싸게 말을 덧붙였다.

"헌혈해도 피가 생기듯 감정도 금세 회복돼요. 24시간이 지나면 원래대로 돌아오니까 전혀 위험하지 않아요."

하긴 인어 공주도 하루 만에 목소리가 다시 돌아왔다면 분명 해피엔딩이었을 거다. 나는 이 기회를 놓치지 않기로 했다.

감정 헌혈 동의서

나는 감정 헌혈에 관한 유의 사항을 듣고, 자발적으로 임하며, 본인의 부주의로 야기되는 사고에 대하여 어떠한 문제도 제기하지 않고, 스스로 책임질 것에 동의함.

[주의 사항]

감정 헌혈 후 과다한 감정 배출로 두통이나 어지러움 또는 메스꺼움이 나타날 수 있으며, 감정이 돌아오는 과정에서 과격한 감정을 불러올 수 있음.

다음 장에는 기쁨, 감동, 설렘, 분노, 긴장, 슬픔과 같은 감정이 적혀 있었다. 그중 하나를 고르라는 거다. 평소라면 어려운 고민이지만 가장 싫은 걸 빼면 되니 아주 쉬웠다. 화도 안 나고, 슬프지도 않고, 긴장도 안 하면 얼마나 좋을까.

"분노로 할게요. 어제 헌혈했으면 오늘 싸우지 않고, 벌 청소도 안 했을 텐데……."

"친구랑 싸웠군요?"

"화를 돋우는 친구가 있었거든요."

"그런데 화가 안 나면 정말 좋을까요?"

"물론이죠. 화를 안 내면 싸울 일이 없잖아요."

"싸우지 않는 게 무조건 좋을까요? 해 보면 알겠죠."

의미심장한 미소를 지으며 아저씨가 커튼을 열었다. 비밀의 방처럼 새로운 문이 나타났다.

"다른 감정이 섞이면 곤란하니까 최대한 편한 마음으로 집중해요."

나는 헌혈 의자에 누워 눈을 감았다.

"시간은 10분 정도 걸려요. 헌혈하는 동안 가장 화났던 일이나, 화나게 했던 사람을 생각해요. 그때 생기는 분노의 감정을 피로 뽑아낼 거예요. 최근에 있었던 일이나 강렬했던 기억일수록 더 빨리 끝낼 수 있어요."

최면에 걸린 것처럼 오늘 있었던 일이 떠올랐다. 자홍이가 망가진 핸드폰을 들고 울먹이며 기준이에게 말했다.

"너 때문에 이렇게 됐잖아. 어떡할 거야?"

기준이는 자홍이 핸드폰을 빼앗아 그대로 바닥에 내던졌다. 그것도 모자라 발로 마구 밟으며 악을 썼다.

"이까짓 게 뭐라고! 이까짓 게!"

"뭐 하는 짓이야? 왜 남의 물건을 함부로 던져?"

내 말에 기준이가 눈을 부라렸다. 내가 물러서지 않자 기준이가 주머니에서 핸드폰을 꺼내 내밀었다.

"그깟 핸드폰 주면 될 거 아니야."

자홍이는 자존심도 없이 냉큼 받아 들었다. 울면서 난리일 땐 언제고 홀랑 넘어가 버리다니. 하지만 나한테는 어림도 없다.

“물건을 망가뜨렸으면 사과해야지. 누가 핸드폰 달래?”

“어차피 게임만 하면 되잖아. 그걸로 알아서 하고, 입 좀 다물어.”

하? 이거나 받고 떨어져라? 나는 주먹을 불끈 쥐었다.

“왜? 싫어?”

기준이가 자홍이 손에 있던 핸드폰을 다시 낚아채 집어 던졌다.

“내 것도 깨졌으니까 됐지?”

기준이의 갑작스러운 행동에 모두 놀라 얼음이 되었다. 정작 기준이는 자기 핸드폰도 똑같이 깨졌으니 아무 잘못 없다는 태도였다. 얼음 같은 침묵을 깬 건 다름 아닌 수아였다.

“기준아, 그만해.”

“너도 나 때문이라고 생각해? 대답해 봐.”

기준이는 그렇다고 하면 금방이라도 달려들 것처럼 수아를 몰아붙였다.

“그건 아니지만, 이런 행동은 너답지 않아.”

"또 내가 잘못한 거네? 내가 뭘 잘못했다고 전부 나한테만 그래!"

기준이는 악을 쓰고도 분이 안 풀렸는지 칠판을 주먹으로 쳤다.

"조금만 더…… 아주 좋아요. 제법 쓸 만한 녀석이야."

아저씨 목소리가 희미하게 들렸다. 곧이어 아저씨가 나를 살짝 흔들었다.

"무슨 생각을 했길래 이렇게 화가 났을까요? 처음인데 아주 잘했어요."

아저씨가 칭찬을 늘어놓았다. 첫 번째 감정 헌혈에 다른 감정이 섞이지 않은 피를 뽑기란 쉽지 않다고 했다. 화난 일을 떠올려도 미안하거나 서운한 감정, 때로는 사랑하는 마음이 섞여 있으니까. 하지만 나는 그 어렵다는 분노 함량 90%를 한 번에 해냈다.

"완전 재수 없는 녀석이 있거든요. 다시 떠올려도 한 번 더 헌혈할 수 있어요."

"아주 고마운 친구네요."

아저씨는 기준이 덕분에 얻은 빨간 피를 보며 만족스러워했다. 내 피는 루비처럼 빛났다. 그때 사이렌 소리가 들

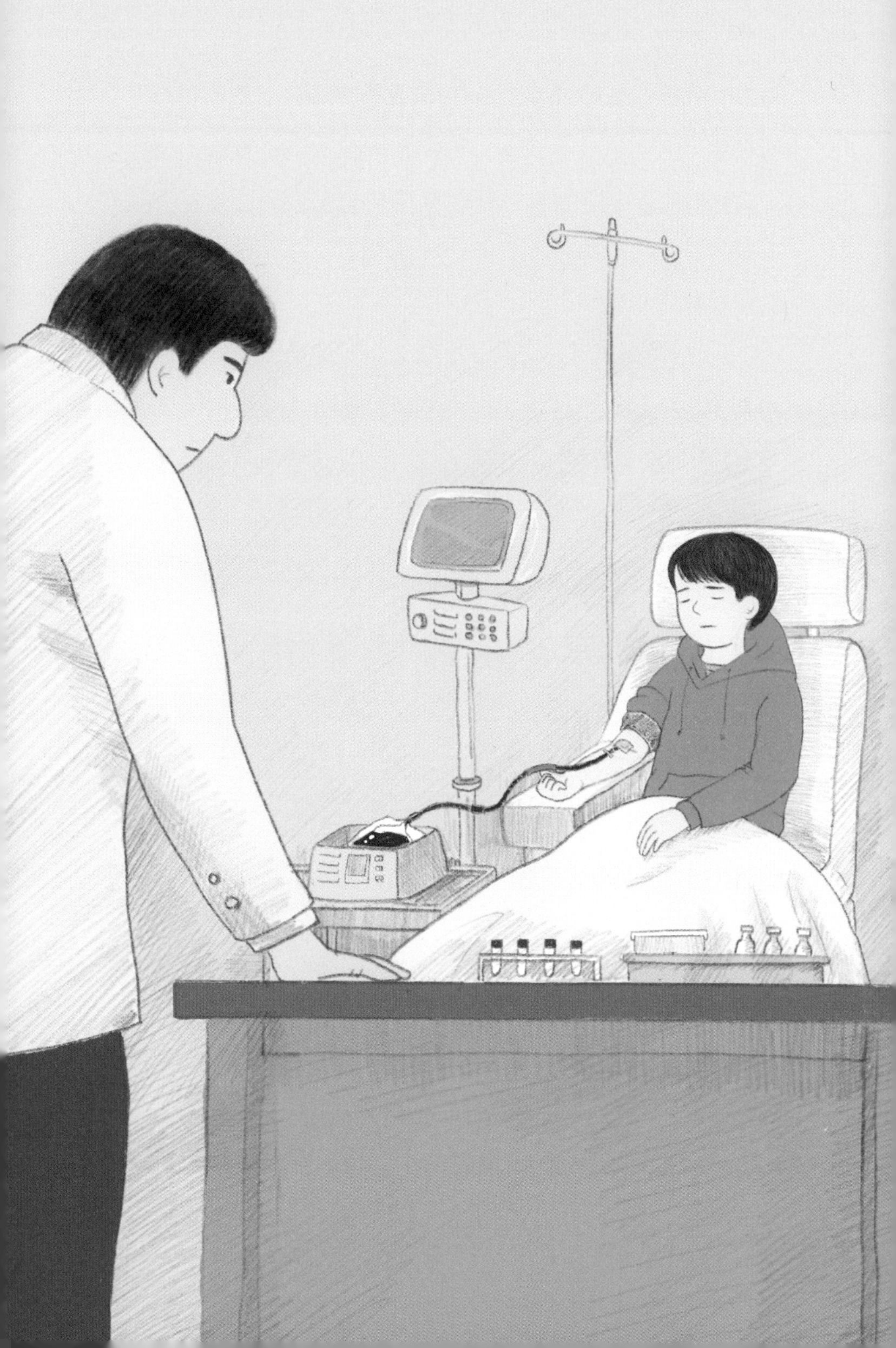

렸다. 아저씨가 주머니에서 핸드폰을 꺼냈다. 벨소리가 사이렌 소리라니, 나도 모르게 숨죽이며 귀를 기울였다.

"감정 헌혈 중에 연락하지 말랬지. 무슨 일이야?"

나를 의식한 아저씨가 빠르게 물었다. 수화기 너머로 목소리가 들렸다.

"박사님, 그게…… 안 하겠다고 버티는데 어떻게 할까요?"

"지금 그만두면 더 위험해. 내가 당장 갈 테니까 붙잡고 있어."

아저씨는 전화를 끊자마자 뭔가 들킨 사람처럼 묻지도 않은 걸 설명했다.

"여기서는 나를 박사님이라고 불러요. 급한 상황이라 가 봐야겠어요. 다음에 또 헌혈하고 싶으면 이리로 와요."

박사님은 허둥지둥 서랍을 뒤졌다. 나는 그렇게 문화상품권을 손에 넣게 되었다.

5. 싸우는 게 뭐가 어때서

헌혈에 정신이 팔린 나머지 심부름을 깜빡했다.

"그 돈으로 뭐 했어? 거짓말 말고 똑바로 말해."

엄마 앞에서 주머니를 더듬거리며 문화 상품권을 밀어 넣었다. 그리고 반대쪽에서 오천 원을 꺼냈다. 엄마는 의심의 눈초리로 오천 원과 나를 번갈아 보았다. 나는 그럴듯한 핑계를 찾아 머리를 굴렸다. 옆에 있던 할머니가 나를 도와주려고 한마디 거들었다.

"너도 어릴 때 심부름 보내면 함흥차사였어. 기억 안 나?"

"내가 언제? 엄마는 이상한 소리 좀 그만해. 재 진짜로 믿어."

엄마의 얼굴이 붉으락푸르락 달아올랐다. 할머니 승! 분위기가 냉랭해질 찰나 아빠가 검은색 봉지를 흔들며 집

으로 들어왔다. 할머니는 얼른 봉지를 받아 들며 엄마 들으라는 듯 말했다.

"아이고, 최고 분식 떡볶이네. 저녁으로 먹으면 딱 좋겠어."

"최고 분식이요?"

나는 눈을 동그랗게 뜨고 소리쳤다.

"그 집 떡볶이는 먹으면 안 돼요!"

"제일 맛있다고 할 땐 언제고, 벌써 바뀌었어?"

아빠가 어리둥절해하며 물었다. 물론 아빠 말이 맞다. 나는 떡볶이라면 자다가도 벌떡 일어난다. 특히 최고 분식 떡볶이는 나의 떡볶이집 순위 1위를 단숨에 차지한 곳이다. 하지만 그건 몇 분 전, 그러니까 아주 엄청난 걸 보기 전 이야기다.

"장사하는 사람이 초심을 잃으면 안 되지. 얼마나 변했는지 먹어 보자."

할머니는 장사에서 가장 중요한 게 화장실 들어갈 때랑 나올 때 마음이 같은 거라고 했다. 정말 최고 분식은 초심을 잃은 걸까. 아니면 원래 처음부터 그런 마음이었을까. 그건 모르지만 지금 내가 할 일은 할머니를 말리는 거다.

"안 돼요! 완전 못 먹을 정도예요."

"가게에 손님은 많았는데 이상하네. 장모님 대신 제가 먹어 볼게요."

아빠는 고개를 갸우뚱하며 떡볶이 하나를 집었다. 나는 아빠 손에서 젓가락을 빼앗아 다시 접시에 내려놓았다.

"안 된다니까요. 먹지 마세요, 제발!"

"대체 왜 그러는 거야?"

할머니의 질문에 모두 나를 쳐다보았다.

"그게 사실은요."

사건은 헌혈을 마치고 나오던 때로 거슬러 올라간다. 나는 문화 상품권을 쥐고 신나서 빙빙 돌고 있었다. 그때 바람을 타고 달고 매콤한 냄새가 콧속 깊이 파고들었다. 냄새의 진원지는 최고 분식이었다. 주인아주머니가 고추장을 휘휘 풀고 있었다. 새빨간 국물은 꼭 아까 본 피 같았다. 헌혈 때문인지, 입가에 소스를 묻히고 떡볶이를 먹는 손님도 피를 빨아먹는 드라큘라처럼 보였다. 그때 모자를 눌러쓴 사람이 최고 분식으로 들어갔다. 모자로 가렸지만 나는 한눈에 기준이를 알아봤다. 기준이는 무슨 생각에 빠졌는지 떡볶이를 앞에 두고도 포크로 휘적거리기만 했다. 그러다 떡 하나를 집어 끝을 살짝 베어 물었다. 우리 할머니가 봤으면 복 달아난다고 등짝 한 방은 맞았을 거다. 뒤이어 교복 입은 중학생 형들이 우르르 들어왔다. 기준이는 형들을 흘끔흘끔 보더니 볼이 터질 듯 떡볶이를 입에 마구 집어넣었다. 곧이어 훌쩍이며 옷소매로 눈가를 훔쳤다.

'뭐야? 설마 너무 맛있어서 우는 거야?'

황당한 일은 거기서 끝나지 않았다. 전화를 받던 기준이가 얼굴이 새파래져서는 밖으로 뛰쳐나왔다. 나는 기준이보다 접시에 잔뜩 남은 떡볶이가 더 눈에 들어왔다. 주인아주머니도 같은 마음인지 접시를 보더니 혀를 찼다.

"에그, 아까워라."

아주머니는 먹느라 정신없는 형들을 한 번, 주위를 또 한 번 살피더니 남은 떡볶이를 잽싸게 철판에 넣고 휘휘 저었다. 기준이가 남긴 떡볶이는 철판에 들어가 감쪽같이 섞였다. 그 순간 최고 분식은 나의 신성한 떡볶이집 순위에서 완전히 아웃되었다.

"내 이놈들을 그냥, 가만두나 봐라! 떡볶이 먹다가 탈났으면 어쩔 뻔했어?"

할머니는 당장이라도 최고 분식에 쳐들어갈 기세였다.

가격 인하
1+1
최고 분식

엄마가 말려 보아도 소용이 없었다.

"엄마, 이럴 때마다 싸우면 용기가 뭘 보고 배우겠어."

"싸우는 게 뭐가 어때서! 알고도 가만히 있으란 소리냐?"

분위기가 살벌해지자 내가 나섰다.

"그때 한 번만 그런 건지도 몰라요. 앞으로 안 사 먹으면 돼요."

"얼씨구, 저 봐라. 벌써부터 모른 척하는 거 가르쳐서 좋겠다. 한 번이라도 그러면 안 돼! 난 이런 일이라면 백 번, 천 번이라도 화내고 싸울 테니까 말리지 마!"

사태를 진정시키려던 게 도리어 할머니의 심기를 건드리고 말았다.

"여기요, 사장님. 양심도 없이 떡볶이를 재활용하면 어떡해요?"

모두의 시선이 할머니에게 집중됐다. 주인아주머니는 놀라는 것도 잠시 이내 시치미를 뗐다. 할머니는 나를 앞으로 밀었다.

"우리 손주가 똑똑히 봤대요. 용기야, 얘기해 봐."

"아까…… 먹다 남긴 걸…… 아주머니가 다시 떡볶이 철판에 넣는 거 봤어요."

"아, 아니, 너 제대로 본 거 맞아? 그리고 애들 말을 어떻게 믿어요?"

주인아주머니는 더듬거리면서도 계속 발뺌했다.

"누가 거짓말하는지 경찰서 가서 정확히 따져 보면 되겠네. 여기 CCTV도 있고, 저기 앞에 자동차 블랙박스도 있으니까."

할머니의 말에 주인아주머니는 갑자기 태도를 바꾸어 딱 한 번 그런 거라고 사정했다. 할머니는 다시는 음식을

재활용하지 않겠다는 말을 듣고서야 돌아섰다.

“우리 강아지 잘했어. 오늘 안 들켰으면 계속 그랬을지도 몰라. 나쁜 짓도 한 번이 어렵지, 두 번은 쉽거든.”

그제야 할머니는 화가 나서 한껏 말아 올린 소매를 내렸다.

“그런데 용기도 할머니가 저 사장한테 화낸 게 잘못됐다고 생각해?”

“아니요. 잘못은 저 아주머니가 한 걸요. 저도 모른 척하려던 건 아닌데 진짜로 화가 안 날 줄은 몰랐어요. 그러니까 제가 화를 안 내는 게 아니라 못 내는…….”

나는 놀라서 두 손으로 입을 막았다. 하마터면 다 말할 뻔했다.

“그냥 넘어간다고 문제가 해결되지 않아. 잘못된 것에는 화를 내야 해. 물론, 처음에는 어려울 수 있지.”

다행히 할머니는 내 말을 알아듣지 못했다. 대신 우물쭈물하는 내 손을 꼭 잡아 주셨다. 나를 바라보는 할머니의 따뜻한 눈을 보자 다 털어놓고 싶었다. 사실은 화가 안 나는 게 아니라, 화를 낼 수 없다고 말이다. 과연 믿어 주실까? 오히려 일이 커질 게 뻔하다. 병원에 찾아가 우리 손주 감정 내놓으라고 난리를 치실 테니까. 화가 안 나면 좋은 일만 있을 줄 알았는데 더 곤란해질 줄이야……. 어차피 내일이면 다 괜찮아질 거다. 나는 어색하게 웃으며 할머니 손을 더 꽉 잡았다.

6. 수상해

다음 날 아침, 나는 신세계를 경험했다. 학교 가는 길이 이렇게 상쾌할 수가. 나는 문화 상품권을 꺼내서 보고 또 봤다. 그때 누군가 뒤에서 소리를 질렀다.

"워!"

"아, 깜짝이야!"

하마터면 문화 상품권을 떨어뜨릴 뻔했다. 나를 놀라게 한 자홍이는 문화 상품권을 보고 더 놀란 눈치였다.

"아, 이거……. 사촌 형이 준 상품권이 한 장 더 남았지, 뭐야."

"좋겠다. 문화 상품권 주는 사촌 형이 있어서. 나도 헌혈이나 해 볼까?"

"안 돼! 우리는 어려서 안 되는 것도 몰라?"

나도 모르게 소리를 빽 지르자 자홍이가 입을 삐죽 내밀었다.

"또 받으면 나눠 줄게. 새 아이템 구경 안 할래?"

나는 아이템 상자에서 시케이다 맨 슈트를 눌렀다. 파란색 슈트를 입자 등 뒤에서 날개가 펼쳐졌다. 공중으로 날아올랐다가 지하철역 앞에 내려섰다. 나를 쫓아오는 악당들을 막다른 길로 유인했다. 드디어 슈트의 진가를 보여 줄 기회가 왔다.

"시케이다 맨, 더 이상 도망갈 곳은 없어."

바로 앞에 있는 노랑머리 부하 한 명이 다가왔다. 얼른 슈트의 버튼을 누르고 주먹 한 방을 날렸다. 퍽! 탁! 쾅! 쿠당탕! 악당들의 집중 공격에도 전혀 타격이 없었다. 그 사이 악당 셋이 옆으로 나가떨어졌다. 이대론 안 되겠는지 노랑머리 녀석이 나를 들어 올려 바닥에 내동댕이쳤지만 끄떡없었다. 앞으로 오 분간은 시케이다 맨 슈트가 나를 지켜 줄 테니까. 지하철이 도착하기 직전에 싸움을 손쉽게 끝냈다. 지하철에 올라타자 나를 지켜보고 있던 빌런이 007가방으로 내 머리를 후려쳤다. 정신이 아찔했지만, 가까스로 가방을 걷어차며 그를 넘어뜨렸다. 빌런은 다급하게 가방으로 기어가 빨간 액체를 꺼내 꿀꺽꿀꺽 마셨다. 크아아앙! 빌런이 괴상한 소리를 내며 나에게 돌진했다.

슈아아앙 퍽! 빌런의 한 방에 에너지가 절반 넘게 줄어들었다. 어떻게든 다시 공격하려는 순간, 빌런의 주먹이 내 가슴을 강타했다. KO! 아이템이 무색하게 또 당하고 말았다.

"악당이 마신 빨간 액체 뭐야? 왜 이렇게 세졌어?"

처음 보는 빌런의 모습에 자홍이의 목소리가 커졌다.

"그러게. 갑자기 강해졌네. 그래도 내일이면 깰 수 있겠어."

이제 나는 물약을 마신 빌런이라 한들 무섭지가 않다. 감정 헌혈을 하면 또 문화 상품권이 생기니까. 'Jun'을 넘어서는 것도 시간문제다. Jun은 시케이다 맨 게임에서 혜성처럼 등장해 단기간에 순위권에 오른 사람이다. 한동안 순위가 그대로지만 여전히 Jun은 고수들 사이에서 굳건히 자리를 지키고 있다.

"도대체 Jun은 누구일까? 수소문해 봤는데, 우리 학교엔 없나 봐."

예전이었다면 자홍이 말에 귀를 기울였겠지만 더는 Jun이 누구인지 궁금하지 않았다. 게임 천재 강용기 님이 시케이다 맨 세상을 평정할 날이 머지않았으니까. 으하하.

교실에 들어서자마자 기다렸다는 듯 수아가 우리 앞에

A
B
3-1

얼굴을 들이밀었다.

"강용기, 너지? 아니면 자홍이 너야?"

뭔지 모르지만 나와 자홍이는 일단 아니라고 잡아뗐다.

"한 권이 비는데 너희도 아니면 누구야?"

학급 문고 담당인 수아가 팔짱을 낀 채, 의심의 눈초리로 쳐다봤다. 물론, 자홍이랑 내가 책을 몇 번 늦게 내긴 했지만 이번엔 아니었다. 때마침 기준이가 교실로 들어왔다.

"기준아, 학급 문고 책 냈어?"

"아니."

"범인은 기준이네. 네가 안 내서 괜히 우리만 오해받았잖아."

자홍이 말에 기준이가 머쓱해하며 수아에게 말했다.

"여행 가방에 넣은 줄 알았는데 잃어버렸나 봐."

"여행 가서 잃어버린 게 아닐 수도 있지. 다른 곳에 뒀을 수도 있고……."

자홍이가 자꾸만 끼어들자 수아가 눈치를 줬다. 자홍이는 오히려 수아의 어깨를 툭툭 치더니 기준이에게 다가갔다. 그러고는 기준이 귀에 대고 속삭였다.

"병원에 놓고 온 거 아니야?"

순식간에 기준이 눈빛이 살벌하게 변했다. 말릴 틈도 없이 기준이는 자홍이 멱살을 잡고 벽으로 밀쳤다.

"함부로 떠들지 마!"

"난 그냥…… 너 도와주려고……."

분위기가 심상치 않자 자홍이가 우물쭈물하며 변명했다. 하지만 기준이는 자홍이의 멱살을 더 세게 움켜쥐었다. 하얀 손등 위로 굵고 파란 핏줄이 팔뚝까지 불끈 솟아올랐다. 기준이가 저렇게 힘이 셌나.

"아무리 화가 나도 폭력은 안 돼."

수아가 기준이 팔을 잡고 말려도 기준이는 아랑곳하지 않았다. 자홍이가 꼼짝 못 하고 캑캑거렸다. 나도 합세하여 기준이를 말렸다. 두 명이 매달리자 기준이가 마지못해 손을 놓고는 옆에 있던 쓰레기통을 발로 찼다. 자홍이를 쳐다보는 기준이의 눈빛이 섬뜩했다. 자홍이가 눈치도 없이 목을 매만지며 말했다.

"맞잖아! 어제 교무실에서 선생님이랑 하는 얘기…… 읍!"

나는 서둘러 자홍이의 입을 막았다.

"그래, 우리 어제 선생님한테 많이 혼났지? 수아야, 오늘까지 반납이라며 얼른 가자."

또 소란스러워지기 전에 수아와 자홍이를 끌고 교실을 나왔다. 방금 전까지 된통 당하고도 자홍이는 어제 엿들었던 내용을 수아에게 이야기했다.

"나한테 들켜서 열 내는 거야. 설마 난치병이나 시한부는 아니겠지?"

"절대 아냐. 아픈 사람이 매운 떡볶이를 한입 가득 먹고, 전력 질주하냐?"

자홍이가 내 쪽으로 몸을 홱 돌렸다.

"기준이가 그랬어?"

"어제 헌혈의 집에 갔다가…… 아니, 지나오다가 봤어."

나는 얼떨결에 튀어나온 말을 수습했다.

"기준이가 예전이랑 다르긴 한데……. 넌 웬일로 자홍이랑 기준이 말렸어?"

갑자기 수아의 화살이 나에게 향했다.

"뭐, 딱히 화낼 일이 아니잖아."

"화낼 일이 아니라고? 기준이보다 네가 더 수상해."

수아가 의심스럽다는 표정으로 나를 보았다.

"나는 뭐 맨날 화만 내냐? 이상한 말 할 거면 이거나 더 들어."

나는 수아에게 책을 건네고 앞서갔다. 수아는 다시 그

책을 자홍이에게 넘겼다. 자홍이는 무거워 낑낑대면서도 소리쳤다.

"진짜 감이 왔다니까!"

교실로 돌아오니 한자리가 비어 있었다. 도서관에 다녀온 사이 기준이는 조퇴하고 가 버렸다. 자홍이가 속삭였다.

"기준이 여행 안 간 거에 소원권 건다."

수아가 한심하다는 듯이 자홍이를 쳐다보았다.

"내기할 시간 있으면 리코더 연습이나 하는 게 어때?"

자홍이가 이내 울상을 지으며 핸드폰을 꼭 쥐었다.

"용기야, 같이 연습하자. 또 꼴찌면 엄마가 핸드폰 압수한대."

깨진 액정은 다행히 덜렁대는 자홍이를 대비해 들어 둔 보험으로 해결했다. 꼴찌는 나도 지긋지긋하다. 우리는 꼴찌 탈출의 의지를 불태웠다. 문제는 그 의지가 오래가지 못한다는 거다.

"아휴, 시험만 보면 왜 떨릴까?"

"연습을 덜 해서 그럴걸. 우리 엄마가 최고의 자신감은 연습에서 나온대."

거짓말. 떨지만 않으면 나도 더 잘할 수 있다. 어디 안 떨리게 해 주는 약 없을까. 문득 무언가 떠올랐다. 감정 헌혈! 그거라면 내 떨림을 한 번에 없애줄 거다.

똑똑. 대답 대신 어디선가 싸우는 소리가 났다. 소리가 나는 곳으로 가자 문 앞에 관계자 외 출입 금지라고 써 있었다. 슬며시 귀를 갖다 대는데 뒤에서 누군가 소리쳤다.

"거기 누구야?"

무섭게 성큼성큼 다가온 사람은 박사님이었다.

"아, 용기 군! 여기서 뭐 해요? 다른 방에는 함부로 가면 안 돼요."

박사님은 금지 구역에라도 들어간 것처럼 나를 데리고 나왔다. 뭐 하는 곳인지 괜히 더 궁금해졌다.

"저번에 보니 긴장감도 헌혈할 수 있던데 맞죠? 내일 시험이 있어서요. 처음엔 감정 헌혈을 조금 의심했거든요? 그런데 헌혈하고 나니 정말 화가 안 나더라고요."

"하루 동안 화 없이 지내보니 예상대로 평화로웠어요?"

"오히려 곤란했어요. 싸워야 할 때도 화가 안 나서 나쁜 행동을 보고도 모른 척하게 되더라고요. 그렇지만 이번엔 달라요. 긴장을 안 하면 안 할수록 더 좋거든요."

내 말을 유심히 듣던 박사님이 씩 웃었다.

"이번에도 해 보면 알겠죠. 헌혈하고 하루 동안은 긴장감을 못 느낄 거예요. 그럼 가장 긴장했을 때를 떠올리면 시작할게요."

그건 이곳에 오기 전부터 생각해 두었다. 더 정확히 말하면, 그 일 때문에 온 거다. 그날 나는 아침부터 늦잠을 잤다. 거기서부터 꼬였을까.

"공부를 평소에 해야지. 꼭 시험 전날 벼락치기니? 지금은 책 보는 것보다 밥 먹는 게 더 나아."

안 그래도 기분이 좋지 않은데 엄마는 식탁에 밥그릇을 놓으며 잔소리했다.

"밥이 문제라도 풀어 줘? 됐어."

"풀어 주지. 아침을 먹어야 머리가 잘 돌아가. 한 숟갈만이라도 먹어 봐."

할머니의 말에 하는 수 없이 한 그릇을 비웠다. 정말 효과는 있었다. 머리가 아니라 장이 아주 잘 돌아갔지만. 등굣길부터 배가 살살 아프더니 학교 화장실에 도착하자마자 쫙쫙 다 비워 냈다. 나는 온몸에 힘이 빠진 채로 시험지를 받았다. 이마에 난 식은땀을 닦는데 배에서 소리가 났다. 꾸르륵꾸르륵.

'아, 진짜 왜 이러는 거야. 조금만 참자.'

배를 움켜잡고 집중했다. 1번 문제부터 쉽지 않았다. 당황해서 연필로 책상을 톡톡, 다리를 달달 흔들었다. 그 와중에 꾸르륵꾸르륵 또다시 배가 요동쳤다.

'오 마이 갓! 이건…… 못 참아! 안 돼, 여기서 뀌면…… 안 돼!'

나는 어쩔 수 없이 손을 들었다.

"선생님, 저 화장실……."

"시험 전에 다녀오라고 했지?"

선생님이 엄격하게 말했다.

"다녀왔는데…… 너무 급해서요."

"맞아요, 아까 용기 화장실에서 똥 누고 오는 거 봤어요."

자홍이가 쓸데없이 나섰다.

"야!"

"뿡."

자홍이를 부르자마자 방귀가 대답하듯 나오고 말았다. 조용하던 교실에 아이들의 웃음소리가 퍼졌다.

"선생님, 용기 급한가 봐요. 이러다 똥 싸면 어떡해요. 저희도 똥 싼 교실에서는 시험 못 쳐요. 보내 주세요!"

자홍이 녀석은 도와주는 건지 놀리는 건지 모르겠다. 자홍이 이마에 딱밤을 날리고 싶었지만 그럴 여유도 없이

화장실로 달려갔다. 그 뒤로 나에게는 새로운 별명이 생겼다. 방기똥기용기. 물론 시험도 제대로 못 봤다.

"용기 군, 제대로 긴장했네요. 이번에도 아주 좋아요."

이마에는 송골송골 땀이 맺히고 꽉 쥐고 있던 손이 축축해졌다. 박사님은 휘파람을 불며 초록빛의 액체를 보고 감탄했다. 내게서 채취한 긴장감은 조그만 유리병에 담겨 있었다. 피처럼 빨갛던 분노와는 전혀 다른 색이었다. 너무도 신비로웠다. 이게 내 몸에서 나온 긴장감이라니……. 문득 긴장감은 어디에 쓰일지 궁금해졌다.

"그런데요, 긴장이 필요한 사람이 있어요?"

"당연하죠. 지금은 설명해도 이해 못 할 거예요. 어쩌면 모르는 게 더 낫고요. 뭐든 깊이 알려 들면 위험해요."

박사님의 의미심장한 말에 궁금증만 커졌다. 박사님은 황급히 시계를 보고는 다음 예약 시간이라며 나를 쫓아냈다. 과연 누가 내 긴장감을 받아 갈까. 머리를 굴려도 감이 오지 않았다.

'설마 나쁜 짓을 하겠어? 중요한 건 나한테 문화 상품권이 있다는 거지. 히히.'

금세 가벼워진 마음으로 엘리베이터에서 내렸다. 그때 누군가 옆 엘리베이터를 탔다. 잠깐 스쳤지만 분명 기준이

었다.

"야! 이기준……."

이름을 부르는데 문이 벌써 닫혀 버렸다. 조퇴하고 돌아다니는 걸 보니 역시 꾀병인 게 틀림없다. 자홍이가 헛다리 짚은 거다. 그런데 기준이는 어디 가는 걸까. 감정 헌혈을 할 리도 없는데.

'잠깐만, 날 본 건 아니겠지?'

혼자 감정 헌혈하고 문화 상품권을 받은 걸 들키면 자홍이가 분명 난리 칠 텐데 큰일이다. 에이, 못 봤을 거다. 나는 누가 볼 새라 재빨리 움직였다.

7. 무슨 큰일이 난다는 거야?

집에 오니 할머니가 찜질을 하고 있었다. 할머니는 무릎이 좋지 않아 많이 걸은 날엔 잘 붓는다. 내가 다리를 주무르자 할머니는 오전에 병문안 다녀온 이야기를 꺼냈다.

"이상하게 굴 때 눈치도 못 채고……. 몸이 아프니까 뭐든 다 짜증 날 수밖에."

입원한 할머니 친구는 얼마 전부터 평소와 다르게 신경질을 냈다고 한다. 모임에서도 자꾸만 훼방을 놓아서 한바탕 했었는데 나중에 알고 보니 암에 걸렸던 거였다.

"아픈 건 순서도 없는지 병원에서 너만 한 아이를 봤는데 가여워서 혼났어."

할머니가 천천히 내 머리를 쓰다듬었다. 나는 할머니에게 이불을 덮어 드리고 방으로 갔다. 방문을 잠그고 숨겨

둔 문화 상품권을 꺼냈다. 긴장 헌혈을 했으니 내일은 문제없다. 시험도 잘 보고, 레벨도 올리고, 이런 게 바로 일석이조란 말씀. 그렇다면 일단 레벨 업부터 해 볼까.

'그나저나 기준이는 거길 왜 왔지? 혹시 나처럼 문화 상품권 받으려고? 에이, 게임이라면 펄쩍 뛰는데 무슨.'

핸드폰에서 시케이다 맨 노래가 나오자 따라 흥얼거렸다. 게임할 때마다 들었더니 저절로 외워졌다. 리코더 연주곡도 이렇게 쉬울 순 없나. 오, 바로 이거다. 시케이다 맨 주제곡을 검색했더니 바이올린과 피아노 연주 영상이 나왔다. 화면을 더 내리자 리코더 연주 영상도 있었다. 역시 난 천재다! 진작 이럴 걸 그랬다. 나는 오랜만에 시험 전날 아주 편안하게 잠을 잤다.

다음 날 교실은 아이들의 리코더 연습 소리에 몹시 시끄러웠다.

"아! 떨린다, 떨려. 용기야, 내 심장 터지는 거 아냐?"

자홍이는 모처럼 연습했는데 못할까 봐 호들갑이었다.

"떨긴 왜 떨어. 그냥 평소대로 편하게 해."

"방기똥기용기가 웬일로 자신만만해? 너 용기 아니지, 누구야?"

자홍이가 또 그 일을 들먹였다. 오늘은 그때의 내가 아니다. 수업 종이 울리고 차례대로 준비해 온 곡을 리코더로 연주했다. 동요부터 가요, 트로트, 애니메이션 주제곡까지 다양한 노래가 나왔다. 자홍이는 수아의 연주에 넋을 잃고 바라보았다. 수아가 끝나고 자홍이는 바짝 언 채로 리코더를 들었다. 나는 자홍이에게 파이팅을 외쳤다. 자홍이가 크게 숨을 내뱉고는 연주를 시작했다. 걱정과는 다르게 제법 훌륭했다. 자홍이는 선생님의 칭찬과 아이들의 박수를 동시에 받았다. 자홍이가 해맑게 웃으며 손으로 브이를 그렸다. 나는 자홍이와 하이 파이브를 하며 자신 있게 나갔다. 정말로 안 떨렸다. 나는 첫 소절을 멋지게 시작했다. 그런데 세 마디쯤 지났을까. 머리가 하얘지더니 이상하게 아무것도 생각나지 않았다. 나는 최대한 음계를 기억해 내려고 애썼다. 결국 두 번이나 더 버벅거리다 음이탈로 마무리했다. 선생님은 미간을 찌푸렸다.

"자신 있는 건 좋은데, 자신 있게 틀리라고는 안 했는데? 용기는 연습해서 다음엔 잘하자."

하! 망했다. 분명 하나도 긴장을 안 했는데 왜 그랬을까. 한숨이 나왔다. 자리로 가는데 기준이가 두 손으로 귀를 막고 있었다.

"다음 기준이, 나와. 이기준."

선생님이 여러 번 불러도 기준이는 두 손으로 머리를 감싼 채 책상에 얼굴을 박고 있었다. 옆자리에 있던 수아가 기준이 팔을 흔들었다. 그제야 기준이는 고개를 들고 얼이 빠진 사람처럼 나갔다. 금방이라도 쓰러질 것처럼 얼굴이 창백했다. 기준이가 부들부들 떨며 리코더를 쥐자 교실에는 묘한 긴장감이 감돌았다. 리코더에서 기준이의 거친 숨소리가 그대로 흘러나왔다. 삑! 도저히 안 되겠는지 기준이는 연주를 멈추었다.

"못하겠어요."

선생님은 진정되면 다시 하라고 기준이를 들여보냈다. 자리로 들어가던 기준이가 다급하게 입을 틀어막고 밖으로 뛰쳐나갔다.

"용기야, 기준이 좀 따라가 봐."

선생님의 말에 나는 기준이를 쫓아갔다. 화장실에서는 알아들을 수 없는 소리가 울렸다.

"제가 그런 거 아니에요. 한 번만 살려 주세요. 제발."

기준이는 큰 잘못을 한 사람처럼 떨면서 같은 말만 중얼거렸다.

"야, 이기준. 괜찮아?"

"신경 끄고 저리 가! 욱! 웩!"

나는 헛구역질하는 기준이 등을 두드렸다.

"뭘 이런 걸로 떨어. 난 오늘 안 떨려서 잘 할 줄 알았는데 이상하네."

"넌 하필 리코더로 그 노래를 불어서……."

"많이 들어서 쉬울 줄 알았지. 게임도 안 하면서 이 노래는 아네? 완전 좋지? 시케이다 맨 게임은 아무리 봐도 명작이야."

나도 모르게 기준이 앞에서 내가 만든 게임 마냥 으스댔다. 기준이는 나를 빤히 보더니 뜬금없는 소리를 했다.

"너 그러다 큰일 나. 조심해. 아니다, 못 들은 걸로 해."

기준이는 일어서며 넘어질 듯 또 휘청댔다. 나는 얼른 기준이를 잡아 주었다. 그런데 기준이의 팔에 익숙한 자국이 보였다. 기준이는 재빨리 팔을 빼서 뒤로 숨기더니 아무렇지 않은 척 세면대로 가서 입을 헹궜다. 거울로 보이는 기준이 팔에 내 팔과 똑같은 자국이 있었다. 나는 그 순간 직감했다.

"너, 어제 헌혈하러 갔었어?"

내 입에서 헌혈이라는 말이 나오자 기준이가 발끈했다.

"헌혈? 게임이랑 현실도 구분 안 되는 너랑 무슨 말을 해. 됐다."

기준이는 이상한 말만 남기고 화장실을 나가 버렸다. 뭘 조심하라는 걸까? 설마 감정이 돌아오지 않는 건가? 기준이는 무언가 알고 있는 게 분명하다. 머릿속에 온갖 생각이 소용돌이쳤다. 내가 모르는 사이 무슨 일이 벌어지고 있는 걸까? 예감이 좋지 않았다.

8. 진짜 악당

나는 기준이와 마주친 순간을 다시 떠올렸다. 감정 헌혈을 한 첫날과 둘째 날 모두 기준이를 만났다. 그건 정말 우연이었을까. 집중을 해도 감이 안 잡히는데 자홍이가 옆에서 자꾸 종알거렸다.

"화장실에서 막 헛구역질했지? 틀림없이 어디 아픈 거야."

"자홍아, Jun이라는 사람 우리 학교에 없는 거 확실해?"

"아마도. 갑자기 기준이 얘기하다 Jun은 왜? 너 말 돌리는 거지?"

이제야 흩어진 퍼즐 조각들이 맞춰졌다.

'Jun이 혹시…… 이기준의 Jun?'

의심이 확신이 되는 순간이었다. 그러고 보니 내가 분노 헌혈한 다음 날 기준이는 사납게 화를 냈다. 공교롭게 이번에는 긴장 헌혈을 했더니 기준이가 심하게 떨면서 긴장했다. 그렇다면 답은 하나, 내가 헌혈한 감정을 기준이가 받는 거다.

“자홍아, 만약에 사람들끼리 감정을 주고받을 수 있다면 너는 분노나 긴장감을 받을 거야?”

“아니, 기쁨이라면 모를까.”

내 말이 그 말이다. 기준이의 속셈을 알 수가 없어 머리를 쥐어뜯었다.

“분노를 받으면 어떻게 돼? 헐크처럼 변해? 아까 시케이다 맨의 빌런처럼 다 휩쓸어 버리는 거면 괜찮겠다.”

자홍이는 빌런이 마신 게 분노의 묘약 같은 아이템일 거라고 상상의 나래를 펼쳤다. 예전이었다면 흘려들었을 말인데 오늘은 솔깃했다. 정말로 게임처럼 이 모든 게 악당을 만들기 위한 거라면? 기준이도 박사님한테 속고 있다면 어떻게 해야 할까?

“자홍아, 악당을 발견하면 당연히 막아야겠지?”

“그럼. 당장 시케이다 밤으로 기지를 한 방에 날려 버려야지.”

그래, 비겁하게 두고 볼 수는 없다. 결심한 나는 자홍이에게 말했다.

"진짜 악당 잡아 볼래?"

나는 자홍이를 데리고 맑은 마음 병원으로 갔다. 어디 가는지도 모르면서 들뜬 자홍이에게 그동안의 일을 털어놓았다.

"감정 헌혈하고 문화 상품권을 받았다고? 믿는 망치에 발등 찍힌다더니 섭섭해."

"믿는 도끼겠지. 거기서 문화 상품권을 미끼로 아주 나쁜 짓을 하고 있어. 악당을 만들고 있다고."

나는 자홍이가 소리를 지르기 전에 입을 틀어막았다.

"기준이가 여행 다녀온 뒤로 이상했던 건 내 감정을 주입해서야. 기준이 몸에 직접 실험하고 있어."

자홍이가 내 손을 뿌리치고 소리쳤다.

"말도 안 돼! 기준이가 왜?"

"Jun이 기준이라면 말이 되지. 문화 상품권을 많이 준다고 꼬드긴 거야. 어제 헌혈하고 나오는데 기준이가 엘리베이터에 타는 거 똑똑히 봤어."

"와, 소름! Jun이 바로 눈앞에 있었다니."

"지금 그게 중요한 게 아니라 기준이부터 찾아야 해. 내가 감정 헌혈로 박사님을 붙잡고 있을 테니 병원을 뒤져 봐."

"나 혼자 들어가라고? 진짜 어마어마한 악당이 있으면 어떡해?"

나는 자홍이를 째려보았다.

"아, 알았어. 그러면 엄마한테 연락만 할게."

자홍이는 계속해서 자기만 몰랐다고 투덜거렸다. 과연 자홍이가 도움이 될까. 사거리 횡단보도를 막 건널 때쯤 눈앞에 익숙한 뒷모습이 보였다.

"수아, 네가 여기 어쩐 일이야?"

"자홍이가 비상 상황이래서."

나는 자홍이를 노려봤다.

"혼자서는 너무 무섭단 말이야."

"너희 도대체 뭐 하고 다녀? 감정 헌혈이니, 악당은 또 무슨 소리고?"

수아는 잔소리를 마구 늘어놓았다.

"이럴 줄 알았냐. 나 아니었으면 기준이가 위험해진 것도 몰랐을걸."

나는 수아에게 작전을 알려 주었다. 원래 계획과는 달라졌지만 이상하게 더 믿음이 갔다.

나는 먼저 감정 헌혈실로 향했다. 박사님은 얼룩덜룩하고 구겨진 흰색 가운을 입고 있었다. 불그스름한 얼룩이 핏자국처럼 보여 섬뜩했다. 나는 떨리는 마음을 다잡으며 은근슬쩍 떠보았다.

"감정 헌혈하는 사람 중에 혹시 저랑 나이가 같은 사람도 있어요?"

"개인 정보는 알려 줄 수 없어요."

역시 순순히 말해 줄 리가 없다.

"제가 헌혈한 감정을 다른 사람에게 나눠 주는 거죠?"

"필요한 곳에 잘 쓰고 있으니 걱정 말아요. 오늘따라 질문이 많네요. 호기심은 참 무서운 거예요. 알아서는 안 될 것까지 알려고 하다가 위험해지거든요."

허튼짓은 꿈도 꾸지 말라는 경고일까. 박사님은 내 속을 훤히 들여다보고 있는 것 같았다. 여기서 들키면 끝이다. 우선은 얌전히 시간을 버는 게 최선이다.

"오늘은 슬픔 헌혈할게요."

"좋아요. 방법은 말하지 않아도 알죠? 슬펐던 일을 떠올리면 시작할게요."

마지못해 헌혈을 시작했지만 머릿속은 걱정으로 가득했다. 내가 딴생각하는 걸 눈치챘는지, 아니면 내게서 무언가 알아내려는 낌새가 보였는지 박사님은 헌혈을 그만두려고 했다. 하지만 이대로 나가면 기준이를 찾기는커녕 수아랑 자홍이까지 위험해질지도 모른다. 나는 마음속 가장 아픈 기억 하나를 꺼냈다.

그날도 평소와 같았다. 다른 점이라면 집 앞에서 할머니를 마주친 게 다다. 현관에는 늦게 오신다던 할아버지의 신발이 놓여 있었다. 할머니가 의아해하며 방으로 들어서다 깜짝 놀라 소리를 질렀다. 할아버지가 작업실 바닥에 쓰러져 있었다. 할머니가 소리치며 흔들어도 아무런 반응이 없었다. 얼른 119에 신고하려는데 할아버지가 숨을 헐떡였다. 헉헉. 할아버지는 힘겹게 입술을 움직였다.

"미, 미안해, 한 여사……."

할아버지는 응급실에서 바로 수술실로 들어갔다. 소식을 들은 엄마와 아빠도 병원에 곧 도착했다. 그리고 얼마나 더 지났을까. 굳게 닫혀 있던 수술실 문이 열렸다. 의사 선생님은 고개를 숙이고 머뭇거렸다.

"죄송합니다. 최선을 다했습니다만……."

"그게 무슨 말이에요? 그럴 리 없어요!"

할머니가 의사 선생님을 붙잡고 늘어졌다. 엄마는 다리

에 힘이 풀려 주저앉고 말았다. 아빠는 오열하는 엄마를 부둥켜안았다. 너무도 갑작스러운 이별이었다. 아무런 준비도 없이 우리는 할아버지를 떠나보내야만 했다.

"용기 군, 괜찮아요? 끝났어요. 많이 슬펐나 봐요."

박사님은 보랏빛 유리병을 꼭 쥐며 흡족한 미소를 지었다. 내 얼굴은 눈물과 콧물 범벅이었지만 슬프지 않았다. 이제 내 슬픔은 저 유리병에 담겨 있으니까. 정신이 번쩍 들었다. 나는 재빨리 출입문으로 가는 척 반대편으로 방향을 틀었다. 복도를 살금살금 지나는데 누군가 뒤에서 내 어깨를 잡아끌었다. 나도 모르게 소리를 지를 뻔했는데 자홍이와 수아였다. 둘은 무사히 잠입해 출입 금지라고 적힌 방에도 이미 가 보았는데 문이 잠겨 있다고 했다. 벌써 눈치채고 빼돌린 건가? 내 감정을 기준이에게 주입하는 거라면 지금쯤 그곳에 있을지도 모른다.

우리는 다시 그 방으로 갔다. 아니나 다를까 문이 살짝 열려 있었다. 정말로 기준이가 실험 대상일까? 겁이 났다. 우리 셋은 벽에 바짝 붙어 안을 훔쳐보았다. 그런데 방안은 빨강, 초록, 보라, 노랑, 분홍, 형형색색 아름다운 빛으로 가득했다. 영롱한 광채에 우리는 눈이 휘둥그레졌다. 박사님은 보라색 병을 조심조심 가방에 넣고 있었다. 아마도 방금 내게서 뽑아낸 슬픔 같았다. 곧이어 자물쇠로 서랍장을 열고는 빨간색, 노란색, 파란색 병을 골라 담았다.

"이것만 있으면 세상을 바꿀 수 있어. 새로운 세계가 열릴 거라고."

박사님은 보물처럼 가방을 끌어안고 방을 나섰다. 우리는 살금살금 뒤를 따랐다. 길고 긴 복도를 지나자 새로운 공간이 나타났다. 여러 개의 방이 대각선으로 띄엄띄엄 있었다. 마치 서로를 볼 수 없는 감옥 같았다. 방마다 번호와 색깔도 달랐는데 아무리 봐도 무슨 뜻인지 알 수 없었다. 갑자기 자홍이가 소리를 지르며 돌처럼 굳었다.

"악! 나 이상한 거 밟았어!"

"조용히 해! 그거, 내 발이거든. 밟고만 있지 말고 빨리 치워."

수아의 말에 자홍이가 사과하며 발을 뗐다. 다시 줄지어 앞으로 이동하는데 또다시 비명이 들렸다.

"으아아악!"

어휴, 진짜. 진자홍을 데리고 온 내가 원망스러웠다. 나는 뒤를 돌아 자홍이를 쏘아보았다. 자홍이는 손으로 엑스자를 그리며 억울해했다. 또다시 소리가 났다. 나는 온몸에 소름이 돋았다.

"여기서 나는 소리 같아."

수아가 왼쪽을 가리켰다. 우리는 급히 비명이 들리는 방으로 향했다. 창문 커튼 사이로 박사님이 보였다. 박사님은 뒤돌아 누운 사람에게 주사를 놓았다. 그러자 주사를 맞은 사람이 갑자기 소리를 지르며 옆에 있던 쿠션을 주먹으로 퍽퍽 두들겼다. 감정의 힘이란 대단했다. 점점 숨소리가 거칠어지며 주체할 수 없을 정도로 난폭해졌다.

"으악! 제발, 그만해! 나한테 왜 그랬어! 다 부술 거야!"

"좋아요, 잘하고 있어요."

박사님은 고개를 끄덕이며 감정이 변하는 과정을 기록했다. 나에게 했던 것처럼 박사님은 마음 깊은 곳의 분노를 모두 끄집어 내는 모양이었다. 나는 눈앞의 상황을 자홍이와 수아에게 설명했다.

"지금 분노를 집어넣은 게 분명해."

"헐크처럼 변하는 거야? 무서워."

자홍이가 벌벌 떨었다.

"당장 멈추고 기준이를 구해야 해."

병실로 쳐들어가려는 나를 수아가 말렸다.

"무작정 덤볐다가 더 위험해져."

"아, 맞다! 너희들 아까 말한 거 할 수 있지?"

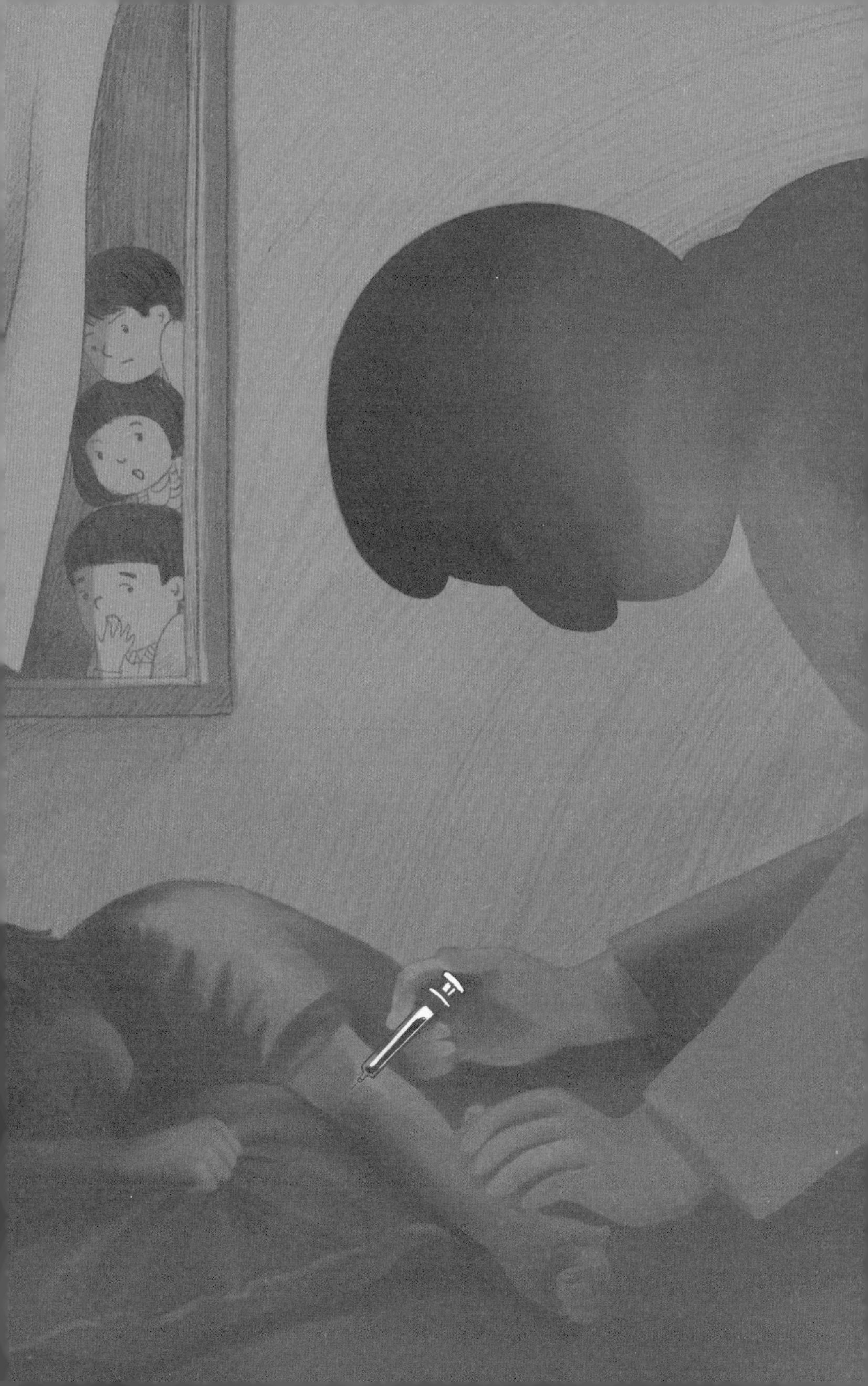

9. 구출 대작전

나는 박사님을 밖으로 유인하기로 했다. 자홍이와 수아가 박사님의 주의를 끌면, 그 틈에 내가 기준이를 데리고 나오는 거다. 나는 숨어서 작전 신호를 기다렸다.

"으아아아아악!"

자홍이 비명이 들렸다. 곧이어 수아도 비명을 내질렀다.

"으악! 으아아아악!"

오케이, 작전 개시. 박사님이 놀란 얼굴로 나왔다. 이제 들어가서 기준이를 데리고 나오면 작전 성공이다. 나는 재빨리 방문을 열었다. 그런데 들어선 순간 소스라치게 놀랐다. 뒷모습만 보고 기준인 줄 알았는데 안에 있는 사람은 기준이가 아니었다. 당황하는 시간조차 아까웠다. 방에서 나가려다 말고 그 애에게 손을 내밀었다.

"악당 되기 싫으면 얼른 나와. 빨리, 시간 없어."

"너 누구야? 지금 치료 중인 거 안 보여?"

분노로 가득 찬 아이는 나를 매섭게 노려봤다. 일이 점점 꼬여 갔다. 박사님이 돌아오기 전에 기준이를 구해야 하는데 시간이 없었다. 일일이 찾을 수 없다면 나오게 하는 수밖에. 나는 복도 끝에서 비상벨을 찾았다. 혼란을 틈타 기준이를 찾는 거다. 숨을 크게 들이쉬고 비상벨을 눌렀다. 병원 전체에 사이렌이 울렸다. 재빨리 출입구로 달려가려는데 등 뒤에 검은 그림자가 드리워졌다. 박사님이 무척 화가 난 얼굴로 나를 쳐다보고 있었다.

"용기 군, 지금 뭐 하는 짓이에요?"

박사님이 한 걸음씩 가까워지며 나를 구석으로 몰아붙였다. 그때 자홍이와 수아가 달려와 박사님 뒤를 에워쌌다. 수아와 자홍이 얼굴을 보자 용기가 솟아났다.

"제가 다 봤어요. 박사님이 감정을 주입해서 악당 만드는 거요!"

내가 소리치자 뒤이어 수아가 똑 부러지게 말했다.

"순진한 어린이를 이렇게 이용하는 거 불법인 건 아시죠?"

그러자 박사님이 큰소리로 웃기 시작했다.

"하하하, 악당이라……. 내가 악당이라면 과연 셋이서

막을 수 있을까요?"

박사님이 이제야 본색을 드러내기 시작했다.

"오해한 모양인데 이건 감정 치료의 한 과정일 뿐이에요."

"우리더러 그 말을 믿으라고요?"

얼렁뚱땅 둘러대면 넘어갈 줄 알았나 보다.

"사람은 감정만으로도 과거로 돌아갈 수 있어요. 용기군이 감정 헌혈하면서 감정을 느낀 순간을 떠올린 것처럼요. 분노를 주입하는 순간 자신이 화가 났던 때로 되돌아가는 거죠. 감정 치료는 그때로 돌아가 소화하지 못한 감정을 풀어 줘요."

우리가 멀뚱히 눈알만 굴리자 박사님은 다시 최대한 쉽게 설명했다.

"음식을 많이 먹어서 속이 꽉 차면 답답하고 배가 아프죠? 감정도 마찬가지로 밖으로 나오지 못하게 누르면 마음속에 가득 쌓여요. 감정 치료는 무겁고 답답한 마음을 후련하게 해 주는 거예요."

수아가 나와 자홍이를 번갈아 보더니 한숨을 쉬고는 입을 열었다.

"자홍아, 동생이 우유 먹고 나면 아줌마가 어떻게 해?"

"등 두드려 줘. 트림하라고."

"그거처럼 감정이 소화될 수 있게 도와주는 건가 봐."

"아, 끄윽!"

자홍이가 진짜로 트림을 했다.

"얘기하다 보니까 나도 모르게 미안. 그럼 기준이도 트림하러, 아니, 치료 때문에 왔어요?"

웬일로 자홍이가 중요한 질문을 했다.

"기준이? 처음 듣는 이름인데요."

박사님의 표정으로 보아 정말로 기준이를 모르는 것 같았다. 그럼 도대체 기준이 팔에 있는 주사 자국은 뭐고, 나한테 뭘 조심하라고 한 걸까. 그리고 병원 근처에서 왜 계속 기준이를 마주친 걸까. 나는 밤새도록 잠을 설치다가 이상한 꿈을 꾸었다.

기준이가 누군가에게 용서를 빌고 있었다. 뿌연 안개에 가려 얼굴이 보이지 않았지만 그 사람은 몹시 화가 난 듯했다.

"감정 헌혈해 줄 사람만 찾아오랬지, 감히 내 계획을 폭로해? 방법은 이제 하나야. 그 꼬맹이 셋을 없애는 수밖에."

곧이어 기준이 앞으로 다가온 그 사람의 정체가 드러났다. 박사님이 음흉한 미소를 짓고 있었다.

"자네가 왜 용기 군을 선택했는지 알겠어. 하지만 멍청한 녀석도 가끔 어울리지 않는 행동을 할 때가 있지. 내가 뭐랬나, 세상에?"

"공, 공짜는 없다."

"그렇지. 난 용기 군이 원하는 문화 상품권을 줬어. 그리고 내가 원하는 감정을 얻은 거고. 아주 공정한 거래였어. 안 그래?"

기준이가 겁에 질려 고개를 끄덕였다.

자홍이는 내 꿈 이야기에 입을 다물지 못했다.

"말도 안 돼! 기준이가 널 일부러 끌어들인 거야? 이제 우리는 어떡해?"

"박사님이 다른 일을 꾸민다고? 말도 안 돼. 어제도 다른 사람을 기준이라고 착각했잖아. 허무맹랑한 꿈 말고 이성적으로 생각하자."

수아는 어제 박사님이 한 말을 믿는 걸까. 내 생각은 다르다. 보이는 게 다는 아니니까.

"그럼 왜 하필 오늘, 우리가 병원에 찾아간 다음 날에 기준이가 또 결석했을까? 단서도 직감에서 시작해. 그치, 자홍아?"

"그렇긴 한데, 수아 말대로 확실하지는 않지."

감이 어쩌고저쩌고할 땐 언제고, 은근슬쩍 수아 편을 드는 자홍이가 얄미웠다. 앞으로 아이템 나눠주나 봐라. 자홍이가 내 눈치를 보며 말했다.

"우리끼리 싸우지 말고 차라리 기준이한테 물어보자."

모처럼 자홍이 입에서 말이 되는 소리가 나왔다. 그래, 직접 물어보면 누가 옳은지 확실해진다. 우리는 기준이 집에 찾아가기로 했다.

10. 기준이의 비밀

초인종을 몇 번이나 눌러도 반응이 없었다.

“우린 줄 알고 일부러 없는 척하는 거 아니겠지?”

“설마, 그럴 리 없어.”

수아는 설마 하는 일도 일어날 수 있고, 절대 아니라는 말은 무조건 의심해야 한다는 걸 모른다. 나는 이대로 돌아갈 수 없어 더 기다려 보자고 했다. 하지만 시간이 지나도 기준이는 나타나지 않았다. 도대체 기준이는 어디 있을까. 고민이 무색하게 조용한 복도에서 꼬르륵하는 우렁찬 소리가 났다.

“나 배고파.”

자홍이가 불쌍한 표정을 지었다. 애들을 데리고 온 내가 바보다.

“너희 먼저 가.”

엘리베이터 버튼을 눌러 주려는데 핸드폰이 울렸다. 엄마 전화였다. 할머니가 병원에 입원했다는 말에 가슴이 철렁했다. 우리는 병원으로 달려갔다.

나는 병원 침대에 누워 있는 할머니에게 달려가 안겼다.

"우리 강아지, 놀랐어? 괜찮아. 이 학생 덕분에 많이 안 다쳤어."

할머니의 손짓에 고개를 돌린 순간 나는 놀라서 눈이 휘둥그레졌다.

"이기준?"

방금까지 찾아 헤매던 사람이 눈앞에 나타났다. 그것도 할머니를 도와준 은인으로. 자홍이는 기준이를 보고 입이 터져 버렸다.

"우리가 얼마나 찾았는데!"

"아는 사이야?"

할머니의 질문에 수아가 얼른 대답했다.

"같은 반이에요, 할머니."

"안 그래도 전에 만난 적이 있어서 보통 인연은 아니라고 생각했지."

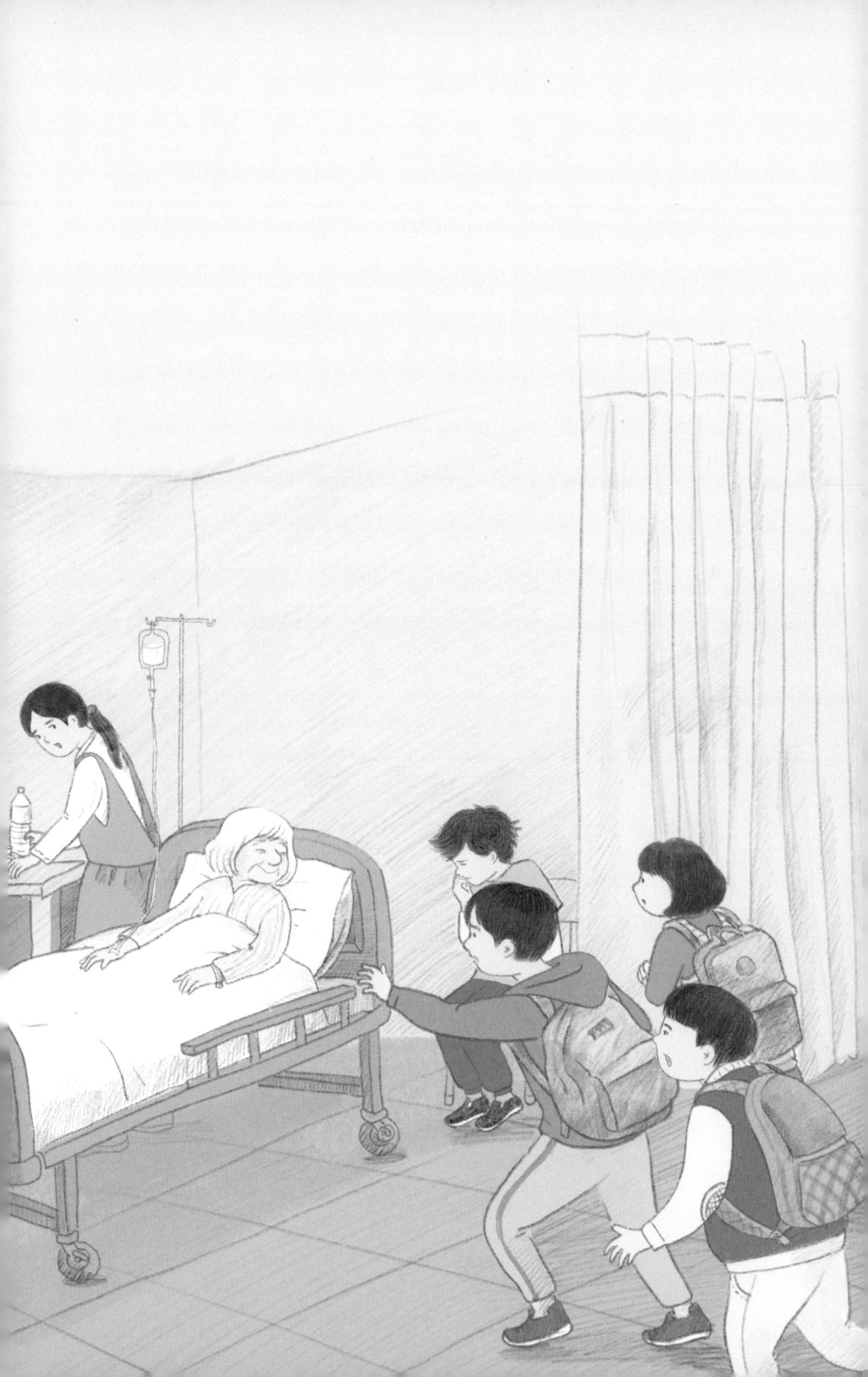

할머니는 보면 볼수록 착하다고 기준이를 칭찬했다.

“횡단보도에서 갑자기 오토바이가 나타난 거야. 피하려다 발을 삐끗해서 넘어졌는데 그 사이 신호는 바뀌고 움직일 수가 없지 뭐냐. 그때 이 학생이 도와줬단다.”

엄마도 고마워하며 기준이 등을 쓰다듬었다. 기준이는 이 상황이 불편한 눈치였다. 게다가 울었는지 눈은 퉁퉁 붓고, 코도 빨간 게 몹시 초췌한 얼굴이었다.

“저는 그만 가 볼게요.”

아쉬워하는 할머니를 뒤로하고 기준이는 도망치듯 후다닥 나갔다. 그러다 들어오는 간호사와 부딪혔다.

“손주분은 벌써 가시네요.”

“아, 손주 아니고 생명의 은인이에요. 얘가 내 손주예요.”

할머니가 나를 손가락으로 짚었다.

“너무 심하게 울어서 손주인 줄 알았어요.”

“걔가 마음이 여려서 그래요.”

기준이가 여리다고? 할머니는 꼭 기준이를 잘 아는 것처럼 얘기했다. 내 생각에는 슬픔을 헌혈 받았을 가능성이 커 보였다.

“진짜 손주분은 침착하네요.”

간호사는 진짜, 가짜를 감별하듯 나를 빤히 들여다보았다.

"우리 용기 다 컸어. 울지도 않고."

할머니가 기특해하며 엉덩이를 팡팡 두드렸다.

"지금 용기가 슬프지 않은 게 아니라요. 울고 싶어도 울 수가 없어요."

아, 진자홍. 저 입을 그냥 꿰매 버렸어야 했다. 나는 얼른 자홍이를 데리고 병실을 나왔다. 자홍이는 수아한테 핀잔을 들으면서도 궁금증을 참지 못했다.

"근데 용기야, 진짜 눈물 안 나? 안 슬퍼?"

"안 난다, 안 나. 어쩔래."

"기준이는 운 거지? 저런 얼굴 처음 봤어."

자홍이 말대로 기준이가 우는 건 본 적이 없었다. 나와 싸울 때도, 자홍이한테 화나서 억울해하면서도 한 번도 울지 않았다.

"진짜 용기가 헌혈한 슬픔을 받은 걸까? 수아가 막지만 않았어도 딱 물어보는 건데."

"소문낼 일 있어? 또 사고 치지 말고 따라와."

자홍이는 수아에게 끌려가다시피 병원을 나갔다. 병원 1층은 환자와 보호자로 붐비었다. 북적이는 사람들 사이

로 기준이가 에스컬레이터에 올라타는 게 보였다. 기준이는 2층에서 내려 어디론가 걸어갔다. 재빨리 따라갔지만 놓치고 말았다. 혹시나 하고 바로 앞 병실을 들여다봤더니 호흡기를 쓴 어떤 형이 누워 있었다. 그 옆에 기준이가 앉아 있었다. 기준이는 누워 있는 형에게 뭐라고 말을 건넸다. 잘 들으려고 문 가까이 얼굴을 대다 그만 머리를 박았다. 소리가 나자 기준이가 뒤를 돌아보았다. 기준이와 눈이 마주치자 나도 모르게 나쁜 짓을 하다가 들킨 사람처럼 주저앉아 버렸다.

"네가 왜 여기에 있어?"

기준이는 나를 보고 놀란 기색이 역력했다. 내가 묻고 싶은 말이었다.

"너야말로 숨기는 게 이거였어? 나한테 큰일 난다고 했던 게 이거야?"

역시 우리를 속인 거였다. 나는 박사님의 수작에 넘어간 것이 분했다.

"감정 헌혈 때문이지? 박사님이 그랬어?"

"어디서 뭘 듣고 와서 이러는지 모르겠는데 정신 좀 차려. 우리 형 게임하다 저렇게 됐어."

"아이템 때문에 문화 상품권 받으려다 그런 거잖아. 넌

괜찮아?"

나는 기준이 팔을 잡고 몸을 이리저리 살폈다. 갑작스러운 행동에 당황하던 기준이는 곧이어 내 손을 세차게 뿌리쳤다.

"무슨 소리를 하는 거야? 그래, 내가 형 저렇게 만들었다. 됐어?"

기준이의 말에 이번엔 내가 어리둥절했다. 도대체 뭐가 어떻게 된 걸까? 이윽고 기준이가 이야기를 시작했다.

"우리 형, 여행 가서도 게임만 했었어. 너도 알지? 시케이다 맨 게임."

당연히 안다. 내가 그거 때문에 감정 헌혈까지 했는데 모를 리가 있나.

"마지막 맵에서 핸드폰이 꺼져서 내 핸드폰을 빌려 달라고 했어."

헉, 아깝다! 나도 모르게 인상을 찡그렸다. 잠깐, 마지막 맵이면 레벨이 도대체 얼마나 높은 거야? 나는 아직 절반밖에 못 갔는데.

"그래서 빌려줬어?"

"귀찮게 구니까 어쩔 수 없이 줬지. 그때부터 걸어가면서 게임하느라 혼자 뒤처지는 거야."

괜히 찔렸다. 나도 종종 길에서 핸드폰을 보며 걸어갈 때가 많으니까.

"빨리 오라고 해도 들은 척도 안 하길래 먼저 갔지. 근데 갑자기 빵빵거리는 소리랑 뭐가 부딪히는 소리가 나서 돌아봤더니……."

당시를 회상하던 기준이의 얼굴이 일그러졌다. 기준이 형은 달려오는 차를 보지 못하고 부딪혔다. 형은 멀리 튕겨 나갔고 핸드폰은 바닥에 나뒹굴어 박살이 났다.

"나 때문이야. 내가 형한테 빨리 오라고 다그치지만 않았어도, 내가 핸드폰을 빌려주지만 않았어도……."

기준이는 주먹을 꽉 쥐고 눈물을 참느라 두 눈이 빨개졌다. 절대 울지 않겠다고 다짐한 사람 같았다. 움켜쥔 손등 위로 또다시 주사 자국이 보였다.

"이 주사 자국은 뭐야?"

"쓰러져서 링거 맞았어."

기준이는 대수롭지 않게 말했다. 그러고 보니 기준이는 전보다 많이 야위었다. 형이 입원한 동안 잠도 제대로 못 자고, 밥도 제대로 못 먹은 탓이었다. 불쌍한 자식. 코끝이 찡해졌다. 어라? 이 와중에 눈치도 없이 감정이 돌아왔다. 나는 순간적으로 차오른 감정을 기준이에게 들키지 않으려고 괜히 천장을 바라보았다. 삐삐삐삐. 삐삐삐삐. 그 그 순간 심장 박동 측정기가 크게 울리기 시작했다. 기준이는 형을 붙잡고 흔들었다.

"형! 왜 그래! 안 돼!"

돌아온 슬픔을 느낄 새도 없이 놀라서 눈물이 쏙 들어갔다. 의사 선생님이 달려와 기준이 형을 살폈다. 다행히 얼마 지나지 않아 심장 박동이 정상으로 돌아왔다. 나는 심란한 마음으로 병실을 나왔다. 기준이를 향한 의심이 풀렸으나 마음은 전혀 후련하지 않았다. 기준이는 결코 악당이 아니었다. 갑자기 찾아온 사고에 죄책감을 떠안고 괴로워하는 아이였다. 봇물 터지듯 슬픔이 밀려왔다. 감정이 완전히 돌아온 나는 할머니를 보자 눈물이 팽 돌았다.

"웬 뒷북이야. 아까는 아무렇지도 않더니."

엄마는 뒤늦게 울먹이는 나를 보고 핀잔을 줬다.

"할머니, 자기 때문에 가족이 다치면 엄청 괴롭겠죠?"

"암, 너무 힘들지. 세상에 누구 탓이라는 건 없는데 그걸 모르니, 참."

할머니도 누군가 떠올랐는지 거듭 한숨을 내쉬었다. 할머니 말처럼 사고는 기준이 탓이 아니다. 하지만 자기 때문이라는 기준이의 말이 귓가에 계속 맴돌았다. 이내 기준이를 슬픔에서 구해 낼 방법이 떠올랐다. 나는 자홍이와 수아에게 메시지를 보냈다.

[기준이의 비밀을 알아냈어. 내일 아침 10시, 할머니 병원 앞에서 만나자.]

11. 슬픔의 또 다른 말

나는 어제 본 것을 모조리 이야기했다. 자홍이는 놀라면서도 허탈해했다.

“뭐야, 기준이도 Jun이 아니었네.”

“으이구, 아쉬워? 너희도 길에서 게임하며 다니지 마.”

수아가 잔소리를 더 늘어놓기 전에 나는 기준이를 도와줄 방법을 말했다. 수아는 펄쩍 뛰며 화를 냈다.

“감정 헌혈 때문에 이 난리가 났는데 또 하겠다고? 절대 안 돼.”

“악당을 만드는 것도 아니었고, 나도 세 번이나 했는데 아무 문제 없었잖아.”

“난 찬성!”

자홍이는 수아 눈치를 보더니 손을 들고 말했다.

“수아 너도 기준이 얼굴 보면 생각 바뀔걸. 일단 보고 얘기해.”

기준이는 하루 사이에 눈 밑이 검어지고 더 홀쭉해 보였다.

“기준아, 잠깐 같이 갈 데가 있어.”

“불쌍해서 그러는 거면 그냥 모르는 척해 줄래?”

예상대로 기준이가 매몰차게 돌아섰다. 나는 수아와 자홍이에게 신호를 보냈다. 자홍이가 기준이 왼쪽 팔을 잡고, 내가 기준이 오른쪽 팔을 잡았다. 수아는 등 뒤에서 기준이를 밀었다. 그렇게 우리 넷은 맑은 마음 병원을 다시 찾게 되었다. 건물에 다다르자 기준이가 아는 척을 했다.

“어! 여기 우리 형 학원인데 너희도 여기 다녀?”

알고 보니 기준이는 같은 건물에 있는 학원에 형의 물건을 가지러 왔던 거다.

“용기가 여기서 헌혈했거든.”

자홍이가 더 설레발을 치기 전에 얼른 엘리베이터를 타고 올라갔다. 우리를 보고 박사님은 꽤 당황한 눈치였다.

“다시 못 볼 줄 알았는데 아예 친구들까지 모아 왔어요?”

“저희는 안 해요. 얘만 슬픔 헌혈하려고요.”

내가 기준이를 앞으로 밀자, 옆에서 자홍이도 부추겼다.

“슬픔 헌혈을 하면 잠시라도 슬픔에서 벗어날 수 있어.”

박사님은 우리가 왜 기준이를 데려왔는지 알아챘다.

“슬픈 마음을 덜어 주려고 친구를 데려왔군요. 어디 한 번 해 볼래요?”

기준이는 망설이는지 아무 말이 없었다.

“내가 해 봤는데 괜찮아. 딱 한 번만 해 봐. 너 사고 이후로 계속 괴로웠잖아.”

“맞아. 하루에도 몇 번씩 그날로 되돌아 가. 있잖아, 난 진짜 그렇게 될 줄 몰랐어…….”

기준이가 눈물을 참으려고 입술을 꽉 깨물었다. 박사님은 안쓰러웠는지 기준이 등을 토닥여 주었다.

“참지 말고 울어요. 여기서는 마음껏 울어도 돼요.”

그 말에 기준이는 꾹 참았던 눈물을 터뜨렸다. 어찌나 서럽고 슬프게 우는지 자홍이도 따라 울기 시작했다. 수아가 눈치를 주자 자홍이는 더 크게 울었다.

“나는 누가 울면 따라서 눈물이 난단 말이야.”

나는 기준이에게, 수아는 자홍이에게 휴지를 건넸다. 기준이가 눈물을 닦으며 말했다.

"슬픔 헌혈 안 할래. 처음엔 나도 슬픔을 피하고만 싶었어. 그런데 용기 할머니를 만나고 달라졌어."

얼마 전 기준이는 병원 벤치에서 할머니를 만났다고 했다. 병문안 온 할머니에게 자신의 이야기를 털어놓았다.

"얼마나 마음이 아팠을까. 살다 보면, 모든 게 내 탓처럼 느껴질 때가 있어. 하지만 일어난 일은 그냥 일어난 일일 뿐이야."

"너무 괴로워요. 차라리 없었던 일처럼 잊고 싶어요."

할머니는 기준이에게 이야기 하나를 들려주었다.

"옛날에 어떤 할머니가 살았는데 그 할머니의 남편이 갑자기 세상을 떠나 버렸어. 소중한 사람이 하루아침에 사라지자 정말 고통스러웠지. 그 할머니도 모든 걸 잊고 싶었어. 그런데 어느 날 무슨 일이 일어난 줄 알아?"

기준이가 고개를 저었다.

"꿈에 할아버지가 나타나서 알약 하나를 줬대. 그걸 먹으면 이제 슬프지 않을 거라고. 그 할머니는 약을 먹었을까, 안 먹었을까?"

"먹었어요."

"땡! 안 먹었어. 생각해 봐. 할머니가 슬픈 건 할아버지랑 울고 웃던 모든 시간 때문이잖아. 슬픔을 느끼지 않게 된다는 건 뭘까? 할아버지와 있었던 기억을 지우는 거지. 기억하지 못하면 슬프지도 않을 테니."

나는 이야기 속 할머니가 우리 할머니라는 걸 단번에 알아챘다. 할아버지가 갑자기 떠나고 우리 가족 모두 힘든 시간을 보냈다. 특히 할머니가 괴로워했는데 어느 날 갑자기 기운을 차리셨다. 아마도 그때 슬픔을 가슴 속 소중한 기억으로 간직하기로 하셨던 모양이다.

"나도 힘들지만, 그 할머니처럼 감정을 없애버리고 싶지는 않아. 형을 사랑하는 내 마음이 슬픔이 된 거니까."

기준이의 목소리는 떨리면서도 힘이 있었다.

"그래서 슬픔의 또 다른 말은 사랑이죠."

박사님은 슬픔 헌혈을 하지 않겠다는 기준이의 말에 실망하는 우리를 안심시켰다.

"걱정 말아요. 감정을 있는 그대로만 받아들여도 헌혈하는 것처럼 효과가 있어요. 지금처럼 마음속 이야기를 털어놔 봐요. 오늘처럼 친구들이 공감해 주면 슬픔의 무게가 더 가벼워질 거예요."

박사님이 기준이의 머리를 쓰다듬었다. 결국 기준이는

감정 헌혈을 하지 않았다. 하지만 이전과는 완전히 달라져 있었다. 자홍이가 기준이 어깨를 가볍게 쳤다.

“앞으로 혼자 끙끙대지 말고 얘기해.”

“그래, 우리가 해결해 줄 수는 없지만 들어줄 순 있어.”

“불치병, 악당이라며?”

훈훈한 분위기에 수아가 찬물을 끼얹었지만 박사님은 엄지손가락을 치켜세웠다. 병원으로 돌아가는 기준이의 발걸음이 한결 가벼워 보였다. 우리가 바라보자 기준이는 뒤돌아보고 웃으며 손을 흔들었다. 감정을 나눈다는 건 어쩌면 그 사람과 가까워진다는 말 같다. 우리는 기준이와 피를 나눈 형제는 아니지만 오늘부터 감정을 나눈 아주 끈끈한 사이가 되었다. 집으로 돌아온 나는 오늘 있었던 일을 떠올렸다. 모든 감정이 제자리로 돌아와서 다행이다. 그러지 않았다면 기준이의 슬픈 마음도, 벅찬 기분도 느낄 수 없었을 거다.

그날 이후 기준이는 조금씩 밝아졌다. 학교에서도 전처럼 예민하게 화를 내거나 혼자 슬퍼하지 않았다. 기준이의 비밀을 아는 우리 셋은 기준이의 수호천사를 자처했다. 자연스럽게 기준이도 점점 더 마음의 문을 열고 가까워졌다. 그로부터 며칠이 지났을까. 늦은 밤 갑자기 핸드폰이 울렸다.

기준이: 용기야, 잠시만.

기준이가 채팅방에 누군가 한 명을 초대했다.

Jun님이 입장했습니다.

기준이: 우리 형 깨어났어. 소개해 주려고.

나: 진짜 잘됐다! 정말 다행이야.

그런데 가만, 나는 다시 채팅방 속 이름을 살펴보았다. 오 마이 갓! Jun이 기준이 형이라고? 나는 기준이의 다음 메시지에 더 놀라 침대 위로 쓰러졌다.

기준이: 형한테 그동안 있었던 일 얘기했더니
고맙다고 아이템 주고 싶대.

나: 와, 감사합니다! 사부님으로 모시겠습니다.

아무래도 오늘 밤, 나는 가슴속에 벅차오르는 감정 때문에 쉽게 잠들지 못할 것 같다.

22:01
기준이
기준이: 용기야, 잠시만.
Jun님이 입장했습니다.
SEND
+

작가의 말

이 이야기를 쓸 무렵에는 화나고 슬픈 일투성이였어요. 내게 왜 이런 일이 일어난 걸까 생각했지요. 영화처럼 자고 나면 기억을 모조리 잊어버리고 싶었어요. 그런데 기억을 잃은 나에게 또 다른 일이 벌어지면 어쩌나 하는 걱정이 생겼어요. 그때 깨달았어요. 처음에는 상황 때문에 힘들지만 괴로운 마음이 드는 건 감정 때문이라는 것을요. 같은 일을 겪어도 더 슬프거나 덜 슬픈 사람이 있고, 더 기쁘거나 덜 기쁜 사람이 있잖아요. 결국 중요한 건 감정을 다스릴 줄 아는 거예요. 살아 있는 동안 아무 일도 일어나지 않는 건 불가능하니까요. 그러나 감정이란 녀석은 알다시피, 눈에 보이지도 않으면서 우리를 꼼짝 못 하게 해요. 질투에 사로잡혀 나답지 않은 행동을 하고, 분노에 눈이 멀어 하면 안 될 일을 저지르고, 기쁨에 취해 나를 밀어붙이지요. 이런 골칫덩어리 감정이 어느 날 갑자기 사라진다면 어떻게 될까요? 무슨 일이 있어도 슬프거나 화가 나지 않고 기쁘기만 하다면요? 이 이야기는 이런 엉뚱하고도 간절한 생각에서 시작되었어요.

그런데 이야기를 쓰면서 점점 생각이 바뀌었어요. 나를 힘들게만 한다고 생각했던 감정이 나를 도와주고, 나를 강하게 해 주기도 했거든요. 이제는 슬프거나 힘든 감정이 생겨도 무서워하지 않아요. 잘 지나가면 훨씬 좋은 일이 생기니까요. 성장통을 겪고 쑥쑥 크듯이 여러분도 '감정통'을 겪고 나서 마음이 더 튼튼해지면 좋겠습니다.

2024년 12월에

정광민

이야기강 시리즈 12

이상한 헌혈

2024년 12월 23일 초판 1쇄

글 정광민 || 그림 도휘경

편집 유순원, 김지선 || 디자인 이향령, 양태종 || 마케팅 이상현, 신유정

펴낸이 이순영 || 펴낸곳 북극곰 || 출판등록 2009년 6월 25일 (제300-2009-73호)

주소 서울시 마포구 독막로 320 B106호 || 전화 02-359-5220 || 팩스 02-359-5221

이메일 bookgoodcome@gmail.com || 홈페이지 www.bookgoodcome.com

ISBN 979-11-6588-418-5 74810 | 979-11-6588-089-7 (세트)